同船異夢のデュエット 1

Please call me LEONE

著：CHYANG
画：川添真理子

レンスキー・モレッティ
セロンの父から仕えてきたレオネ家に忠実な執事。そのため、レオネ家のすべてを知っている。セロンもルチアーノ同様、最も組織の中で信頼している人物である。
ボッシ・ルチアーノ
宇宙犯罪組織「アニキラシオン」ではセロンに忠実なNo.2であり、セロンが最も信頼している部下。しかし、その彼が主人のセロンに心臓移植手術を強く求めるところから事件は始まる…。
タリア・ジャンカーナ
セロンの死んだ父親の妾（めかけ）であり、義理の母親。セロンの実の母親と仲がとても良く、姉妹のような仲だった。そのため、セロンのことをとても大事にしているが、自分のことを母と呼んでくれないセロンに寂しさを感じている。

ビル・クライド
宇宙で悪党を捕まえて生計を立てる「賞金稼ぎ」。心臓移植手術を受けたことで状況が大きく変わったセロンを結果的に助けることになり、セロンの敵から共に逃亡することになる。ひらめくアイデアと銃の腕は一流だが、どこか間抜けで憎めない人柄で、セロンに振り回されっぱなしに…。
セロン・キャラミー・レオネ
宇宙で最も恐れられている犯罪組織「アニキラシオン」のボス。亡き父、カルロ・レオネ譲りの非情な性格とは逆に心臓が弱く、移植手術を受けるよう忠告されている。母も死別しており、兄弟もいない。
エリオット・ギルマーティン
宇宙公安局「SIS」の捜査官。賞金稼ぎのビル・クライドとは悪党を追いかける目的は同じでも、クライドに負けたくないというライバル的な想いを持つ。なぜなら二人は昔…。

Contents

0章
Running On Empty

～それは裏切りから始まった～

1　セロンとルチアーノ

ボスは眠っていた。

見るからに高級な椅子にもたれてボスは眠っていた。机の上では立体映像機が作り出した画面が点滅を繰り返し、未完成な彼の仕事を早く終わらせようと躍起になっていたが、それは最初から無駄なことだった。

『ラパドン恒星』製の最高級立体映像機にも不可能な仕事が存在するのだ。

同様に、人類が足を踏み入れた銀河はすでに四十八を超えようとしている時代でも、人工知能とアンドロイドを好まない若いボスのまぶたを開かせ、その眠りから目覚めさせることも不可能なことだった。

だからこそ、この難題を解決するために彼は部屋にいた。

眠っている部屋の主を見つめながら、頭をポリポリと掻いている彼の姿はどこか無邪気な面影があった。しかし、彼の正体を知っている者なら、名を一度でも聞いたことがある者なら、彼の前でそんな感想を口が裂けても言えないだろう。

ボッシ【ラッキー】ルチアーノ。

ルチアーノといえば犯罪組織『アニキラシオン』のナンバー2。

ボスであり謎のベールに包まれているこの部屋の主よりもはるかに凶悪なことで有名で、銀河系の公安捜査局員すべてが震えあがる名であった。

ルチアーノの下で働いている組織員たちは、彼の鋼のような筋肉をあらゆる薬物の賜物だと噂した。

そして、その薬物がルチアーノの脳をも破壊したせいでヤツは短気でかつボンクラになってしまったのだろう、か弱いボスの忠犬になってしまったのだろうと、声をひそめて陰口を叩いていた。

幸いにもその話はルチアーノの耳には入っていないようだった。もし仮にも彼の耳に入ろうものなら、ルチアーノは片手で噂の主たちの首をへし折っていたはずだから。

ルチアーノは大きく深呼吸をして、そして低い声でつぶやいた。

「ボス」

「……」

「ボス」

「……」

「クソが」

ルチアーノはブツブツとボヤキながら腰を伸ばした。


時間はあまり残されていなかった。

いつもならば犯罪組織『アニキラシオン』にとって、ボスとナンバー2に『約束の時間』という問題は存在しなかった。ただ、今日だけは話が違う。それはかなり前から計画されていて、熟考の末に決まったことだったのだ。

……どれほど説得したか。

その心を動かすために、どれほどの努力をしてきたか。

すべての準備は整った。その分多くの時間と費用をかけ、多くの者が関与している。だからこそルチアーノ自身が直接ボスを起こしにきたのだ。

「やってられないな」

ルチアーノは自分のボスを、この部屋の主を渋い顔で見つめた。

椅子に座ったまま眠っているルチアーノのボスは、お世辞にも「男らしい」とはいえなかった。

目鼻立ちははっきりしているが、顔の線は細く、身体は痩せているというよりもか細く、机の上に置いてある腕も、襟からのぞく首も、真っ白で今にも折れそうだった。

濃い茶色の髪も、大きな紫の瞳も、高い鼻も、彼はこの組織の先代のボスより、むしろ有名な歌手だった彼の母親によく似ていた。

かつて、先代のボスが十二歳の子供だった彼をルチアーノに初めて紹介した時、ルチアーノはその子が女子だと思っていたし、それが違うと知ってからも、最初はその外見のせいで彼に服従する気分にならなかったことも事実だ。

しかし、ボスの外見は母親譲りであっても、その中身は間違いなく父親のソレを受け継ぎ、生まれながらのカリスマ性と犯罪者としての資質をすぐに発揮した。

さらに、内面の才能と威光が加わってからは、小娘にしか見えなかった美しい外見も違って見えてきた。

やがてルチアーノは自分のボスを崇拝するようになった。

数年前、敵対組織のボスが彼の外見を見て男娼云々と言ったとき、真っ先にそいつの顔をぶん殴ったのはルチアーノだ。

だからこそ彼は他の誰でもないルチアーノに、誰よりも自分に献身的なルチアーノに、この件を「依頼」してきたのだ。

間違いなく……。

「おい、ルチアーノ」

突然の声にルチアーノはハッと顔を上げた。目の前でボスが大きなあくびをしながら身体を伸ばしていた。

ルチアーノは頭を振り、邪念を振り払った。しっかりするんだ。今はそれだけだ……。

「ボス、お目覚めですか？」

「見ての通りだ」

首を左右に振りながら答えた。ルチアーノは思わず微笑んだ。

「もっと楽な姿勢でお眠りになられたらいかがですか？」

ルチアーノの言葉に、ボスは不機嫌そうな顔で答えた。

「三日分の仕事を一気にやり遂げないといけない状況でなかったら、当然そうしたはずだ。……君が直接起こしに来たのか？」

「そうです。もう時間なので」

「あぁ、そうか。ついに……」

若いボスの口元には作り笑いが浮かんでいたが、その瞳には不安の色がみなぎっていた。

ルチアーノはそれを見逃さなかった。

彼の大きな手をボスの肩にトンと乗せた。

「医者が待っていますよ、ボス」

「わかってる……」

ボスは面倒臭そうに彼の手をはらった。

ルチアーノはまるで目の前の若者の父親にでもなったような気分で、凶悪な犯罪者らしくない笑顔を浮かべた。そしてボスに優しい声で話しかけた。

「心配ないですよ。無事に終わります」

ボスは自分の服をポンポンとはらいながら、ルチアーノを見てニヤリと笑った。そして彼はわざと高慢な声でこう言った。

「当然だ」

ルチアーノは頷きながら、心の中で答えた。

計画通り終わりますよ。ボス……。


二人は部屋を出た。

「信用できる医者なのか？」

急ぎ足でボスが尋ねた。同じく急ぎ足で歩いていたルチアーノは軽く肩をすくめた。

「義体技術の権威で、信用できる者です。レンスキーが選びに選んだようですし、金で口封じもしています」

レンスキーとは、レオネ家の執事長、【レンスキー・モレッティ】のことである。

歩みを止めずにボスは鼻で笑った。

「何かが起きた場合はレンスキーから殺せばいいってことだな。……手術時間はどのくらいだ？」

「長ければ三時間。あの医者、人工心臓手術くらいは目をつぶってもできると自信満々です」

「よし。手術が失敗すればレンスキーの次はその医者も殺すように。公安の様子は？」

「公安？」

ルチアーノの足が止まった。その少し先でボスも足を止め、額にしわを寄せながらルチアーノに目を向けた。

ルチアーノも怪訝な視線をボスに向けた。

「何の公安ですか？」

「……おい、ルチアーノ」

ボスは軽くため息をつきながらルチアーノの方に身体も向けた。

「万が一、僕が手術室にいる間、公安がここを攻めてきたらどうする。目覚めてから最初に目に見えるものが『ＳＩＳ（Safety of Inter-Stella・宇宙公安局）』の監獄の天井だったらどうするつもりだ？

「まったく、心配症もそこまでいくと病気です。ボス、ここは街の病院ですか？」

今彼の前にいるのは不満げな顔で腕組みをしている彼のボスだが、それでも今回はルチアーノが鼻で笑う番だった。口を開けようとするボスに対して、ルチアーノはボスの頭の二倍くらいのサイズの左手を突き出して彼の話を遮った。と同時に彼は右手を上げ、廊下の壁全体に掛かった長いガラスの窓を指さした。

廊下の壁を埋め尽くすほどの巨大なガラスの窓……。

その窓の向こうには果てしない漆黒の闇と、その闇の中に無数に光っている星たちが広がっていた。名前も知らない星雲は真っ黒い海の中に咲いた海霧のように揺らめいて、遠くの星々は灯台の光のようだった。

厳密にいえばそれはガラスの窓ではなく、外の景色をそのまま投影しているスクリーンなのだが、それでも感傷的な人ならば間違いなく圧倒される風景であった。

しかし、その窓の前に立っている二人は犯罪組織のボスとナンバー2で、どうにも感傷的な人間とは程遠い部類だった。若いボスは何の興味もないといった表情で、再び彼の忠実な部下に顔を向けた。

「それで?」

ルチアーノはもどかしい顔で自分の胸をドンドンと叩いた。

「ボス。ここは我らの旗艦ですよ!　我々は宇宙に、完全武装したアスファリタル級宇宙戦艦の中にいるんです!」

「そんなのは知っているよ。ルチアーノ」

ボスは大きく首を振った。

「いいだろう。君の言うとおり僕たちは街の小さな病院の中にいるわけじゃない。しかしルチアーノ。だったら僕たちを狙っている公安は、その街の病院がお似合いなヤツらか？　宇宙戦艦の代わりにボロボロのパトカーに乗って、プラズマライフルの代わりに空砲の拳銃で武装している、そんなヤツらなのか？」

「そうは言っていません」

ルチアーノがぶっきらぼうに答えた。ルチアーノの気持ちが穏やかではないと気付いた時点で、四十八の銀河系人口の90％は口をつぐむだろうが、残念ながら彼の若いボスは残り10％の中でも最も無頓着な1％だった。

ルチアーノにとって幸いだったのは、彼のボスが三時間にわたる手術を前に、万一の時に自分の代わりになるナンバー2の気分を害することは得策ではないと判断したことだ。

ボスは笑顔を作りながら、肩の力を抜いた。

「おいおい。ルチアーノ。忠誠的な我が友よ」

ボスの手が軽くルチアーノの肩を叩いた。彼は落ち着いた怒りや嫌みのない声でルチアーノに説明した。

「何が言いたいかはわかる。俺たちは今『アニキラシオン』の旗艦内にいて、俺の側には公安の『ＳＩＳ』が最も恐れている凶暴な男、ボッシ・ルチアーノもいる。きっと今、俺はこの宇宙の中で一番安全なファミリーのボスだ」

「……だから、どうしろというのですか？」

ルチアーノは相変わらず不機嫌そうな顔で答えたが、ボスは派手な顔にふさわしい明るい笑顔で続けた。

「しかし僕は、三時間にわたって夢の中を旅しなきゃいけない者として、万一のことに備えてもう少しだけ用心深い警戒手段が欲しいわけだ。例えば予備の艦隊をもっと近くに待機しておくとか……」

「それはもうやっています」

「そう、だからすでにやっていることで、例えばここからだと『第三艦隊』が一番近いから……えっ？」

意外な返事にボスは一瞬言葉を失った。ルチアーノは意気揚々とした顔で口を開いた。

「『第三艦隊』はすでにここに向かっています。多分、もう少しで一時間以内の距離に入るはずです。……満足しましたか、ボス？」

「あ……ああ」

ボスは唖然としたままドヤ顔のルチアーノを見つめ、再び窓の外の宇宙を見て、改めてルチアーノの顔を見返した。その間、ルチアーノは照れくさそうに咳払いをして立っていた。

ボスは少し沈黙してから、バツの悪そうな表情でルチアーノに手を差し出した。

「……やるじゃないか、ルチアーノ」

「たいしたことではありません」

ルチアーノは肩をすくませながらボスが差し出した手を握った。ボスはルチアーノの手を強く握り返した。

「いやぁ、ルチアーノ。正直なところ、君の忠誠心や行動力は素晴らしいが、細かい気配りに関しては少し足りないところがあった。だが今日は医者と手術のことから、保安対策まで完璧だ。そう、言葉通り……」

「私が少しアドバイスしてあげたのよ」

ボスはルチアーノの手を離した。そしてすぐに彼らは声が聞こえてきた廊下の向こう側に身体を向けた。

あのボッシ・ルチアーノですらできないこと、『アニキラシオン』のボスの話に口を挟むという行為を犯した勇敢な声は、驚くことに女性のものであった。

二人の男が身体を向けた方向には、魅惑的な容姿に、黒いロングヘアーの三十代くらいの女性が立っていた。

先に動いたのは若いボスのほうだった。彼は口元に微かな笑みを浮かべながら彼女に近寄り、丁重に頭を下げた。

「いらしていたのですね、タリア夫人」

女性もまた、笑顔で若いボスの手を握った。

「元気そうで何よりだわ。セロン」

2　タリア夫人

セロン・キャラミー・レオネ。

それが四十八の銀河系に悪名を馳せている犯罪組織『アニキラシオン』のボスの名前だが、意外とそのフルネームを知っている者は少ない。

宇宙公安局『ＳＩＳ』の中でも『アニキラシオン』の追跡を担当しているチームだけがその名を知っているくらいだった。

普段は「リトル・レオネ」もしくは「レオネ・ジュニア」と呼ばれていた。

彼の両親は二人とも他界し、彼に兄妹もいなかった。

タリア・ジャンカーナ。

彼のことを「セロン」と名前で呼ぶ者は、今彼の目の前にいるタリアが唯一だった。

「コンディションはどう？　セロン」

タリアは優しくセロンの手の甲を撫で下ろした。三十代になっても相変わらずの美貌を誇るタリアにそんなことをされたら、普通は一瞬で身体が硬直してしまうはずだ。

しかしセロンはそんなタリアの白い手に慣れていた。

彼はただ笑いながら首を振った。

「少し疲れてましてね」

「あら、そう？　今のあなたはそうは見え……まあ、あなたは普段でも肌が真っ白だから」

タリアが軽く首を傾げた。セロンは彼女の口調がやや芝居がかっていることに気付き、わざと大げさにため息をつきながら肩をすくめた。

「いくら僕でも心臓手術をすれば、数日間は休まないといけないじゃないですか。だからできる限り先に仕事を処理しなきゃいけなくて」

「ずいぶん仕事が溜まっていたようね？」

「えぇ、かなり」

「どおりで……この数日、全然会いに来てくれなかったのね。おかげで私も寂しい夜を過ごしたのよ」

「タリア様！」

結局ルチアーノが呆れた声で二人の会話を中断させた。

そんなルチアーノに背を向け、セロンとタリアは悪戯がバレた子供のようにキャッキャと笑いながら互いに見つめ合った。こういう時の彼女の声と仕草がセロンは大好きだった。ちょっと愉快で、ちょっとヤンチャで……。

しかし、いつまでもじゃれあっているわけにはいかない。タリアは深呼吸をしてから口元から笑みを消し、ルチアーノに身体を向けた。

「ごめんなさい。ルチアーノさん。先に待機室に入って手術を見守るつもりだったけど、やっぱり手術の前にセロンに一目会いたくて……。あなたに伝えなきゃいけない話もあったし」

「私にですか？」

ルチアーノは驚いた顔で聞き返した。タリアは頷きながら話を続けた。

「はい。『第三艦隊』から連絡がありました。ほぼ着いたようだけれど、どこで待機するかを聞いてきました。あなたが指揮をとって彼らに警護の配置場所を指定してあげたほうが良さそうです」

「えっ……私がですか？」

「はい、あなたが」

ルチアーノは困惑した表情でタリアとセロンを交互に見つめた。普段こういうことはボスのセロンが、セロンが不在の時はタリアが指揮をとっていたからだ。しかし今、その二人はルチアーノを見ていなかった。二人はルチアーノがここに存在しないかのように、真剣な顔で互いを見つめていた。

ルチアーノには他に選択肢はなかった。彼はしばらく悩んだ挙句、二人に軽く頭を下げた。

「了解しました。ではボス、タリア様。お二人とも手術後にお会いしましょう」

「頼んだぞ。ルチアーノ」

「お願いしますね。ルチアーノさん」

ルチアーノが退席するまで、二人は互いに見つめ合っていた。

しばらくしてルチアーノの足音が遠のいた時、セロンは力の抜けた笑みを浮かべ目を逸らした。タリアも彼と同じく、力の抜けた笑みを浮かべた。

「なんだか、僕にだけ言いたいことがおありのようですね？」

「そうなの」

タリアは付け加えた。

「少し歩きましょうか、セロン」

セロン・レオネは自分の腕時計で時間を確認した。ルチアーノから聞いた手術の時間までおよそ十五分。今彼とタリアが歩いている三階のフロアから手術室までは歩いて五分くらいなので、まだ十分程度の時間が残されていた。

しかし言い換えれば、彼女が自分をここに連れてきてから何の話もせずに、ただ五分歩いていただけだったということでもあった。

結局、セロンが我慢できずに口を開いた。

「タリア夫人？」

「えっ？」

セロンの呼び声で、前をゆっくり歩いていたタリアが振り向いた。彼女は驚いた顔でセロンを見た。セロンは彼女が本当に用件を忘れたのではないかと疑いながら、なるべく優しい声で話を続けた。

「私に言いたいことがあったのでは？」

「あっ」

タリアは小さく嘆声をあげた。

本当に忘れていたのか……。

セロンはそう確信し苦笑した。

「ごめんなさい。私……ちょっとルチアーノさんのことを考えていたの」

「ルチアーノ……ですか？」

「そう。より正確には、ルチアーノさんに対するあなたの態度について」

タリアはセロンの鼻の先まで近寄り足を止めた。

お互いの息づかいが届きそうな距離だった。二人はその距離で互いに見つめ合った。しかしそこにはいかなる恋愛感情も家族愛も存在していなかった。

いつか彼女は言った。

セロンと自分は同じ船に乗った仲……それだけだと。

「さっき警護艦隊の配置をお願いした時、ルチアーノさんは随分と慌てていたわよね」

「普段、ルチアーノにそんな仕事を任せないからです」

「そう。考えてみたらそうね。艦隊の配置や艦隊級の兵力の指揮などをルチアーノさんがするのは見たことがないものね。曲がりなりにも『アニキラシオン』のナンバー2、だけど……」

「ヤツはそういうことが苦手ですから。彼の分野ではありません」

セロンは当然だと断言した。しかしタリアはしつこく聞いてきた。

「じゃあ、彼の得意分野は何？」

「……直接行動です。身体を使う分野で」

そしてセロンは少し間をおいて、もう一言を付け加えた。

「だからこそ、彼にナンバー2を任せているんです」

話し終えると同時にセロンは口を閉じた。

身体を使う直接行動には卓越していて、下の者を力で威圧して制御するのは上手だが、大きい計画を立てて指揮することはできない。つまり、クーデターを含む【余計なこと】ができない、そんなルチアーノだからこそ……。

だからこそ、自分はルチアーノを信用しているのだ。

「……そう」

セロンはタリアのその優しい笑顔の中に自分の言葉の真の意味に気付いてもらっていることを感じ取っていた。

そもそも、タリアにこの話をした時点で、セロンはタリアに対する、自分の信頼を示したつもりであった。彼女なら自分の話の中の省略されている部分を当然わかってくれるはずだと信じていた。

そう、タリアには自分の最も内面の話をしても大丈夫だ。

彼女を、タリア・ジャンカーナを、セロンは昔からパートナー同様に思っていた。

「あのね、セロン」

「はい」

タリアはそっと手を上げ、セロンの頬を撫でた。

「あなたのそういうところを見るたびに、私はあなたから亡くなった彼を感じるのよ」

セロンは抵抗せず静かに彼女の目を見つめた。彼の頬を撫でていたタリアの手はやがてセロンの耳元に進み、彼の髪の毛に指を走らせた。

「この髪の毛も……瞳も。顔も。あなたの姿はどう見てもあなたの母親、ゼインから譲り受けたものなのに……あなたの中にはやっぱり、あなたのお父様の血が流れているようね」

「母が私に残したのはそれだけではないですよ」

セロンは自分の胸を叩いた。

「壊れた心臓も一緒に残してくれたから」

タリアが眉間にしわを寄せた。

「そんなこと言っちゃダメ。セロン」

「事実ですから」

「セロン・レオネ」

セロンの髪から手を離し、一方では厳しく、もう一方では同情するような微妙な感情がこもった眼差しで口を開いた。

「それでもあなたはまだお母さんが恋しいんでしょ?」

セロンは目を丸くして聞き返した。

「……僕が?」

「そう。間違いないわ。私にはわかる」

「あなたが女性だからですか?」

セロンの問いに、タリアは頭を振った。

「いいえ。なぜなら、あなたは私のことを一度もお母さんと呼んでくれたことがないから」

しばらく二人の間に沈黙が流れた。

タリア・ジャンカーナは苦々しい表情で、セロンの視線から目を背けた。

セロン・キャラミー・レオネ。

冷血の犯罪組織『アニキラシオン』のボスは、さっきルチアーノの代わりに自分が『第三艦隊』に指示を出しに行くべきだったと後悔していた。

彼はいったいどうしたらこの状況から逃れられるかをしばし考え、困った時にはいつもそうしてきたように、適当な笑顔でこの状況を回避しようと決めた。

「タリア夫人。あなたはまだ若くて美しい。敢えて子連れの未亡人となって、不要な履歴を増やすことは……」

「ほら。いつも【タリア夫人】でしょう」

ダメだ。

セロンは心の中で大きなため息をつきながら口を閉じた。考えてみればタリアは子供の時から自分を見てきた。そんな彼女相手に適当なことで言い逃れしようなんて、不可能だった。

タリアの表情はすでに陰っていた。そしてその陰りは『SIS』の襲撃や『兄弟団』からの暗殺の脅威よりセロンの心を重くした。

必死に頭を回転させてみたが、いくら考えても名案は浮かんでこない。

結局、セロン・レオネはすべてを正直に話そうと決めた。

「夫人……いや、タリア」

「セロン。知っていると思うけど、あなたの母親のゼインと私はとても仲がよかった」

しかし、タリアが彼の話を遮った。セロンはまず彼女の話に集中することにした。

『アニキラシオン』の人たちは、あなたの父親でさえそのことを幸いに思ってはいたけど、どうやってそれができたのかは理解できなかった。いつだったたか、あなたのお父様が真剣に聞いてきたことがあった。どうして二人はそんなに仲良くなれるのかと」

タリアはゆっくり顔を上げ、セロンの顔をじっと見つめた。彼女は再び穏やかな、けれど今にも涙がこぼれそうな目をして彼に向かって微笑んだ。

「そして、それに対する私の答えはあなただったの、セロン。私は……私はあなたのお父様の子供を産めなかったから……」

セロンは胸が締め付けられた。

「あの、タリア……」

「正直に言えば、そう」

タリアは頭を振った。

「私にも子供がいたら、たぶんゼインとそんなに仲良くすることはできなかった。私の子供とあなた、二人が相続を巡って争わなければならなかったはずだから。だけど私は、最後の最後まで子供ができなかった。だから私はゼインを羨ましいと思いながらも、あなたのことを……」

「タリア」

「その後も」

彼女の口元がゆがんだ。

「ゼインが亡くなってから、そしてあなたの父親が亡くなってから、もしかしたら……と思う時もあった。なにがどうであれ、あなたと私は最後のレオネ一族の生き残りだから。もしかしたらあなたが私を母として受け入れてくれるのではないか……と。だけど結局あなたと私の関係はただ一緒の船に乗った……いわば同業者くらいの、そんな関係以上にはなれないことをわかっ……」

「タリア！」

突然の大声に、タリアは話を止めて顔を上げた。

セロンはタリアの手首を強く握っていた。驚いたタリアの目を見つめながら、セロンは切ない声を絞り出した。

「それ以上言わないでください。タリア。自分で自分を傷つけないで。……お願いです」

セロンは歯を噛みしめ、目は悲しみで溢れていた。彼女は口をつぐんだ。セロンは握っていたタリアの手首からゆっくり手を離したが、彼の目は今でも悲しみに満ちていた。

「……知っていますよね、タリア。あなたを母と呼んだことはないけれど、僕はいつもあなたのことを母だと思っていました。この手術も、あなたの勧めがなかったら絶対にしなかった」

タリアは涙が溜まった目でセロンを見つめていた。

セロンはハンカチを取り出し、彼女の目元から涙を拭った。

「……正直に言うと、僕は今でもこの手術には乗り気ではありません。いくら技術が進歩し、人工心臓移植くらいすぐに終わる時代だといっても、それでも暗殺の危険に身を投げ出すのです。それでも僕がこの手術を受けようとしたのは、これ以上あなたに心配をかけたくなかったからです。そしてあなたが、僕がこの手術を受けることを望んだからなんです」

タリアの涙を拭いた後、セロンはハンカチを胸ポケットにしまった。今でも自分を見つめているタリアに向かってセロンは無理に笑顔を作ってみせた。

「タリア。五年前も、僕はあなたに命を救われたのです」

「……それは私も一緒よ」

ようやくタリアの口角が上がったのを見て、セロンは胸を撫で下ろした。しかし、彼は頭を振りながら言った。

「いいえ、それは違います。当時は僕のほうがもっと切迫していましたから。ともかく、重要なのはあなたがいなければ僕は今ここに、『アニキラシオン』のボスとしていられなかったということです。だから例え僕が命の危機を、もちろん余計な心配ですが感じたとしても、もう一度あなたに命を預けるつもりで手術を受けるのです」

……手術。

その言葉を思い出したセロンは時計を見た。いつの間にか時が過ぎ、手術の時間まであと五分だった。

そろそろ行く時間だ。

セロンはうなずき、最後の言葉を伝えるためにタリアの両肩にそっと手を乗せた。

「タリア」

「……」

「タリア、これだけは知っておいてください。これから僕が手術室に入ったら、三時間もの間、僕の命はあなたが握っているのと同じです。僕はあなた以外、他の誰にもそんなことを許しません。これがあなたに対する僕の気持ちです。タリアと僕の関係……わかりますよね？」

彼女、タリア・ジャンカーナは、一言では表せない難しい顔でセロンを見つめていた。とても短い間だったが、彼女にあらゆる感情と言葉が浮かんでは消えていった。セロンは我慢強く、そのすべての感情の流れを見つめていた。

やがて、タリアは彼女にできる一番優しい笑顔で彼女自身の苦悩を握り潰した。

彼女は再び手を伸ばし、セロンの頬を撫でた。

「わかったわ。セロン……」

3　目覚め

セロン・レオネとタリア・ジャンカーナ。

二人が階段を降り、手術室があるフロアに着いた時には、その約束の時間を二分過ぎていた。

もちろん、この旗艦内に遅刻が理由でセロンに文句を言える者は存在しなかったが、彼自身が約束の時間を破るような行為を嫌っていたため、セロンは少し焦りを感じながら急いでタリアと別れようとした。

「あの、タリア」

「えぇ。時間だってことよね。わかっているわ」

彼女の声には、いつもと変わらない悪戯っぽさが戻っていた。彼女は親指を立てて天井の方を指した。

「あの上のフロアで手術を見届けるわ。もし何かが起きても、私がなんとかするから心配しないで!!」

と、昔の『肝っ玉母ちゃん』のような屈託のない笑顔。

「とても心強いです。……では。三時間後に再び」

「あっ、待って」

「……？」

急ぎたいセロンの腕を掴み、タリアは親指ほどの大きさの『神像』を渡した。

「もともとこれを渡すつもりだったの……」

「……」

「ゼインが私にくれたの。幸運をもたらすんだって。……だからこの手術も大丈夫」

「……」

「安心した？」

しばらくの間、セロンは無言で手のひらに乗っている神像を見つめていた。

そして、強く握りしめた。

「ありがとうございます。タリア」


ドーン！


機械の起動音とともに目に光が突き刺さり、セロンは顔をしかめるしかなかった。

そして、その光に目が慣れる前、ある人影がセロンの視界に割り込んできた。

その人影は頭を下げたように見えた。

「ごきげんよう。レオネ様」

「……よろしくお願いします。えーと。ボスコ……」

「ボスコノビッチ」

「ボスコノビッチ博士」

手術台に横たわっていたセロンは躊躇することなく博士に手を伸ばした。

ボスコノビッチ博士は少し迷ってからその手を握った。

やがて博士の顔が目に入ってきた。手術用のマスクで顔の半分は見えなかったが、目尻のしわが少ないところから見ると彼はそんなに歳を重ねた人物ではないようだった。セロンは博士の外見すらサイボーグ施術の結果なのかと思いながら、あえて感情をこめずに聞いた。

「ボスコノビッチ博士。人工心臓を移植するのに三時間で十分だと聞きました」

「もちろんです、レオネ様。医療ロボットを使わないという条件を付けても、それくらいで十分です」

医療ロボットを使わないという条件をセロン自身が要求していた。彼は基本的に、ロボット、アンドロイド、サイボーグ技術すべてが好きではなかった。

博士は答えた。

「この半世紀の間、サイボーグ技術はものすごい進化を遂げてきました。人工心臓の手術はとても簡単です。何も心配しないでください。レオネ様」

「わかりました。それから、あなたは患者の秘密を厳守しますよね？」

「もちろんです」

セロンの冷たい視線に、博士は笑顔で答えた。

「莫大な対価をもらった時はなおさら」

「それは良かった」

セロンは微かに皮肉な笑みを浮かべた。見るからにこのボスコノビッチという男は、その名声には似つかわしくない俗物的な面を感じる。

しかし、こういう者こそ危ない賭けには手を出さないものだ。

少なくともこの医者に暗殺されることはないと確信したセロンは、首だけを動かし手術室内部を観察した。特別なものは何も見えない殺風景なところだった。医療ロボットの代わりに、古い医療装備があるだけだ。

小さいスクリーンには自分の心拍が表示されていて、おそらくその隣の大きなスクリーンには彼の『胸の中』が映し出されるはず。

そして、あの上に見える大きなガラス窓の向こうからタリアがこの部屋を見届けているはず。

「うん……？」

予想してないものが目に入ってきた。

それは、布に包まれた、……人のように見える何か。

「ボスコノビッチ博士。あれは？」

セロンはその何かを指差した。博士はちらっとその方に目を向け、すぐにまた顔を戻しセロンに向かって微笑んだ。

「あぁ、あれはサイボーグです。全身サイボーグ……つまり、頭が空っぽなアンドロイドのようなものです」

「全身サイボーグ？　それを何のために持ってきたのですか？」

「レオネ様」

博士はセロンの目の前に人差し指を立てて振った。

「サイボーグ技術がお好きではないようなので知らないと思いますが、サイボーグも実は人間の身体と似たような部分があります。つまり他の臓器と持続的に繋がってこそ、性能が活性化されるということです。実際、臓器を移植するときも臓器だけを取ってくるより、直前に身体からとって移植する方が容易であるように、人工心臓も同じなのです。全身サイボーグの中から他の人工臓器とともに入っているものをすぐに出したほうが移植手術によいのです」

「フム……」

セロンは不満そうな声を出した。

こいつの話は本当なのか？

サイボーグ技術や医学に対して専門外のセロンにとって、その事実を確認する手立てはない。

しかし、妙に嫌な予感がした。

正確にはこの手術自体がそうだった。手術室に入る前から、いや、この手術を決定した時から何か引っかかっていた。元々、サイボーグ技術やロボットなどに対して悪い先入観を抱いてきたからかも知れないが、それでもいい気持ちにはなれなかった。

そもそも、過去に何度も心臓発作を繰り返し、その度に何度もルチアーノから説得され、最終的にタリアからも手術を勧められたから、この嫌な人工心臓移植に本当に仕方なく同意しただけだ。

「ボス」

その時、ルチアーノの声がスピーカーを通して手術室全体に響いた。眉をしかめながらスピーカーを見上げる博士を見て、セロンは少し笑った。

「聞こえているぞ、ルチアーノ」

「『第三艦隊』の配置を終えました。手術は始まったのですか？」

「まだだ」

「まったく。何をぐずぐずしてるんですかぁ」

ルチアーノの笑い声が手術室に響くと、思わずセロンも笑ってしまった。

「おい、ルチアーノ。今ちょうど始めるところだ。君がボスコノビッチ博士の邪魔をしているんだ」

「ボスコ……？　あ、そうか。そんな名前だった。とにかくボス、早く始めたら早く終わるんで……」

「ルチアーノさん！」

「タ、タリア様？　いや、これはその……私はわざと手術の邪魔をしようとしたのでありません、な、なぜかというと……」

慌ててルチアーノが言い訳をしている間、スピーカーの音もだんだん小さくなっていった。

セロンは必死に笑いを堪えようとしたが、クスクスと漏れる声まではどうすることもできなかった。

しばらくして、やっと笑いを落ち着かせたセロンは口を開けた。

「博士」

「はい、レオネ様」

「準備はできました。さあ、始めましょう」

「はい。それでは、麻酔から行きます」

セロンはゆっくりと目を閉じていった。

ただの気のせいだ……。

ルチアーノが言っている通り、自分は今『アニキラシオン』の旗艦内にいて、ここには何百人の組織員がいて、その外にはまた何十隊の警護艦隊が集まっている。そしてタリアがそのすべてを見届けている。

「レオネ様、息を吸ってください」

麻酔ガス用のマスクが口元に近付いてくる……。

「いち、にー」

セロンはタリアがくれた神像を強く握った。

「さん」

真っ暗な世界に深く深く潜っていく。

いや……。

セロンは頭を振った。

二人のことはよく知っている。

だが……。

セロンは目を擦り、見えないもう一人の顔を見ようと目に力をいれた。

しかし見えなかった。

変だ……よく知っている人なのに。

その間、その人が先にセロンに声をかけてきた。

「挨拶しなさい、セロン。彼がルチアーノだ」

「ボッシ・ルチアーノです。仲のいいヤツらはボッシと呼びます。よろしくお願いします」

地面に触れるほど深々と頭を下げ、ルチアーノは頬を赤らめながら挨拶していた。

「よろしく、ルチアーノ」

そして、視界がゆがんだ。

……。

……。

……。

少しのめまいとともに、セロンはまた目を開けた。

今回はとても暗かった。窓の外からは月の光が入っていたが、ただそれだけだった。周りはとても静かで……彼は光のない部屋の中で、ただ立っていた。

しかし、一人ではなかった。

「セロン・レオネ」

セロンはびっくりして顔を上げた。

月明かりが彼の前に立っている女性の顔を微かに照らしていた。

タリアはとても薄いシルクのネグリジェ姿で自分を見つめていた。

そして、悲しい表情をして語りかけてきた。

「セロン、知ってる？　私があなたのお父様・カルロに、さっきあなたが言ったことをそのまま伝えたら」

「知っています。タリア夫人」

セロンは無意識に声が出るのを感じた。彼はとても低くて、甘くて、しかし力強く残酷な声で言っていた。

それに比べて、タリアはすぐにでも消えてしまいそうなか細い声で言った。

「わかっているなら、なぜ……！」

「タリア夫人」

セロンは首を振った。

「僕が知っているのは、あなたが彼に……何も言わないという事実。それだけです」

タリアの顔が月明かりよりも白く変わっていった。

セロンはそれでも話を続けた。

「あなたも知っているのではないですか？　このままだと、僕もあなたも死ぬだけだということを」

セロンは、もっと冷たい声でとどめを刺した。

「もう残った手段は、こちらから先手を打つことだけです」

そしてまた、視界がゆがんだ。

鼓膜が破れそうな悲鳴とともに。

……。

……。

……。

「手術を受けないの？　セロン」

「えっ？」

セロンは思わず質問に質問で答えてから、自分の口を封じた。

いや、封じようとした。

声が出た。

なぜだ？　いや、当然か？

頭の中が混乱していてまともな判断ができなかった。さらに関節まで軋むようだった。

セロンはよろめいた。よろけて、のたうち回り、最後には座り込んでしまった。

めまいがひどい……。

「もう何度も発作を起こしたわ。これ以上は無理よ」

タリアの声が聞こえた。セロンは必死に頭を上げて彼女の顔を見つめようとした。彼女に向かって助けを求めようとした。

しかし視界にはまるでノイズのようにゆがんだ世界しか入ってこない。

見えるのは、椅子に座ってこちらを見ているタリアの輪郭だけだった。

「タリア様の言う通りにしてください。ボス」

同時に、後ろからルチアーノの声が聞こえてきた。

「くそっ、ルチアーノ、助けろ！　助けてくれ！　立ち上がれない！」

セロンは叫んだ。しかしついに耳にまで異常が来たのか、自分の声はまるで小娘のそれに聞こえた。やがてひどい耳鳴りがし、セロンは頭を抱えて床を転げまわった。

「お願い、セロン」

またタリアの声が聞こえた。頭が割れそうな耳鳴りの中でも、彼女の声だけははっきりと聞こえてきた。

「今回だけ、私の言うことを聞いて。手術を受けなさい。そうすれば……」

その瞬間。

全ての痛みが消えた。

いや、正確には意識が遠のいていく感覚だった。耳鳴りも、めまいも、手足の痛みも、すべてが消えた。視界が真っ暗になっていく。

その闇の中で、タリアの最後の声が聞こえた。

「……すべてがうまくいくわ」


……。


「プハッ！」

大きな呼吸とともにセロンは目を覚ました。いまだに残っている様々な痛みの記憶が彼を動かした。

同時に彼の胸元にかかっていた布が床に落ちたが、そんなことに構っている暇はない。

クソっ！

セロンは歯ぎしりをしながら、何度も周りの誰かを探していた。そうでもしていないと、このまがまがしい感情を振り払えない。セロンは自分が怒るのも当然だと思っていた。

そもそも麻酔をしたからって悪夢まで見るなんて聞いたことがなかった。普通はただ意識が消えて、起きたらすでに手術は終わっているのではないか？

しかしなぜか、手術室の中にはセロン以外の誰の姿もなかった。照明も医療機器も、麻酔をする前と同じままで、それには電源も入ったまま。

ただひとつ、執刀した医者、ボスコノビッチ博士だけがいなくなっていた。

ヤツはどこに？

セロンはヒステリックに叫んだ。

「ボスコ博士！」

そして、とてもゆっくりと自分の首を触るために手を上げた。

いや、上げようとした。

しかし、自分の手で首を触ることすら彼にはできなかった。

けれども、それ以上に彼を凍り付かせたのは、以前よりももっと白くて細い自分の手、そしてもっと細くなった身体の上から少しだけ膨らんでいる自分の胸だった。

彼は全身を震わせながら、かろうじて首だけを回した。彼の視線が向かった先には、手術をする前にはなかった大きな鏡が置かれていた。

青白い顔で怯えている、およそ高校生くらいの少女がその鏡の中にいた……。

「ボス」

馴染みのある男の声が、幻聴のように手術室に響いた。

スピーカーの向こうの男、ボッシ【ラッキー】ルチアーノは少しの間をおいて、残酷極まりのない声で宣告した。

「すべてが終わった！」

4　セクサロイド・セロン

鏡に映っている少女は一言で可愛らしかった。

肩まで伸ばした黒髪にセロン・レオネと同じ紫色の大きな眼。肌は大理石のように白く艶々しており、鼻と唇ははっきりした形にも関わらず、可愛らしさが際立っている。

身体は細くて、胸も尻も成人女性のものとは違い、成長期まっ只中の少女そのものだった。

濃い茶色の髪の毛が真っ黒に変わったことと、まだ幼く見えるところを除けば、セロンに妹がいたらこんな感じではなかったのかと思える容姿だった。

もちろん、今のセロンにとってそんなことはどうでもいいことなのだが……。

ゆっくり自分の両手を上げた。

無言で開いた手のひらを眺め、自分の胸をまさぐった。

折れそうに細い首を触ってみて、ほぼ半分になってしまった肩を撫でた。鏡の中の少女も彼と同じくその行為を真似していた。

最後に何回か手を握ったり開いたりした後、セロンはつぶやいた。

「これは、サイボーグだな……」

「よく気付きましたね、ボス」

スピーカーの向こうにいるルチアーノが皮肉な笑い方をした。

「他はもちろん、本人すら気付かないはずだと大言壮語した割には……博士が俺に嘘をついたのか、それともボスが敏感なのかはわからない。まあ、ボスは昔からサイボーグやアンドロイドが苦手だったから、逆に勘づいたのかな？　流石ですねぇ」

セロンはルチアーノの皮肉を無視した。

「だったら、俺の脳だけ取って移したっていうのか。……そんなことが可能なのか？」

さっきより落ち着いてきたものの、声は少し震えていた。

「ボス。その可愛い声で俺に、この私に医学的な質問をしているのですか？　まだまだ麻酔が切れていないようですね？」

ルチアーノのクスクス笑う声がした。セロンは最大限怒りの表情を作らないよう努力しながら、我慢強くルチアーノの次の話を待っていた。

やがてルチアーノは、ため息とともに話を続けた。

「あぁ、わかりました。いいでしょう。俺も正確にはわかりません。ともかく博士の話だと、電脳化かとか何とかっていうサイボーグ技術の中でも最新の実験段階の技術だと言っていましたが、ボスの脳を何かの人工知能の脳に変えたらしい。詳しいことは万が一、その博士と会えたら聞いてください。もちろんヤツは手術で得たデータだけ持って、さっさとこの船から立ち去りましたが」

「わかったルチアーノ。親切な説明ありがとう」

セロンは冷たく答えた。

その間、彼は手術室内のスピーカーを探した。鏡を見た瞬間に受けた衝撃と恐怖はある程度冷めていた。

姿形はどうであれ、自分は少なくとも暗殺されなかった。今重要なのは何としてでもあの間抜けから最大限に情報を入手し、この状況を無事に乗り越えることだった。

ここさえ脱出できれば、『アニキラシオン』の誰かに命令をして……。

その瞬間とても不吉な事がひとつ、彼の脳裏をよぎった。

「ルチアーノ」

セロンは、平穏な顔を必死で装った。

「何でしょう、ボス？」

「僕たち互いに面と向かって正直に話をしないか」

「いくらでも」

ルチアーノの言葉が終わったと同時に、壁の大型スクリーンの電源が点いた。スクリーンの中のルチアーノは余裕極まりのない姿勢で足を組み、セロンの上半身を舐めるように見ていた。

セロンは無意識に下半身にかけていた布を引き上げた。気のせいか、少し鳥肌が立つような気もした。ルチアーノは舌鼓を打ちながら、背もたれに身を任せた。

「いいでしょう、ボス。とりあえず今の心境でも聞かせてくださいよ」

「僕の心境……か。ＯＫ、ルチアーノ。僕は今、すごく驚いている」

「目が覚めたら小娘になっていたからですか？」

悪意のある質問に、セロンはニヤリと笑ってからズバッと答えた。

「いや、貴様みたいな石頭にこういうことができたという事実に驚いたんだ」

ルチアーノの表情が瞬時にゆがんだ。彼の後ろでどこかの死に損ないがクスクス笑っている声も聞こえてきた。久しぶりに見るルチアーノの険悪な顔に、セロンは唇が渇いていくのを感じた。

忠実なナンバー2でもどこか不気味だったルチアーノ。

しかも自分の首に刃を向けた、いや、すでに一度刺すことに成功した今、ルチアーノに恐怖を感じるなという方が無理な話である。

それでもセロンはやらなければならなかった。

彼はギリギリのところまでルチアーノを怒らせて、出来る限り多くの情報を引っ張り出すつもりだった。幸い画面の中のルチアーノも怒りを抑えながら頑張って口角を上げている。

「……ははっ。よく言うぜ、ボス。その石頭に一発食らわされたのはどこのどいつでしょう」

「そう、だから僕は今すぐにでも自分の首を絞めたいんだ。とにかくルチアーノ、今君が犯しているこの荒唐無稽なことは、僕に対するクーデターだとみなして問題ないな？」

「はい。何の問題もございません」

「なら僕はあえて今自分の手で首を絞めなくても、君に首を絞められることになるのか？」

セロンは思いっきり悪意のこもった感情をルチアーノに向けながら、同時に頭を回転させた。

おそらくルチアーノは間違いなく肯定するはず。そしたらそれに食いついて、もう一度ぎりぎりの所までヤツを愚弄しながらその次は……。

しかし少しの躊躇もなく、ルチアーノは首を振った。

「いや、それは違う」

今度はセロンの表情が曇った。

セロン・レオネはゆっくり、一文字、一文字区切りながら、用心深くルチアーノに繰り返した。

「ち、が、う、だ、と？」

「そう、違う。あのですね、ボス。ボスを殺すつもりなら手術中に殺せばいいのに、なんでわざわざ高価なサイボーグにボスをぶち込むんですか？　手術中に医療事故だったといって、医者まで一緒に殺して口を封じれば済むことなのに」

その通りだった。

「そう、それはそうだ。すごい、すごいぞルチアーノ！　賢くなったもんだ」

「全部ボスから教わったことです。誇りに思ってもらって構いません」

ルチアーノが軽く鼻で笑った。しかしセロンは頭を横に振った。

「いや、待て。ルチアーノ。誇る前にまずこれだけは聞いておく。ならば何のために僕をこんなサイボーグにぶち込んだ？」

「それだが、ボス。さっき俺が言ったことで二つほど訂正しなきゃいけないことがあります」

「……訂正？」

セロンは疑わしそうにルチアーノを睨んだ。それに比べてルチアーノはもうすっかり余裕を取り戻し不敵な笑みを浮かべていた。

「一つは、俺はボスの首を絞めるつもりは全くないが、ひょっとしたらボスが自ら死にたくなるかもしれないってことです」

「あぁ。僕がさっきそう言った……」

「二つ。今ボスの身体は厳密に言って普通のサイボーグではないということです」

セロン・レオネの身体が固まった。

ルチアーノは、奥歯まで見えるほど大きく口をあけて笑った。

「それは、セクサロイドですよ」

ルチアーノの最後の言葉が終わった途端、セロンは手術台から立ち上がった。下半身を隠していた布もそのまま床に転がって、少女の真っ白な裸身が丸見えになったが気にしていなかった。

ただ一人、ルチアーノだけが口笛を吹いただけだった。

「気が短いな。そんなに慌てなくても、今夜には大人の女にしてやるのに」

セロンは答えなかった。

セロンは大股で歩いて、手術が始まった時と同じように布に隠されている人間の形に近寄った。おそらく手術を始めた時、ここには今自分が入っているこのセクサロイドが横たわっていたはず。

だから手術が終わった今、ここで横になっている人間の身体は当然……。

布の下に隠されていたものは、冷凍カプセルの中に眠っている彼自身の身体だった。

セロンはほんの少しだけ、悲しい顔でそこに眠っている『彼』を見下ろした。分厚いガラスの間にまるで実の兄妹のように似ている男性と女性の顔が互いに向かい合っていた。

悲しみに満ちた女性の顔と、目を固く閉じたまま永遠の眠りに落ちている男性。

見るからにそれは、ある兄妹の死別を描いた絵画のようだった。しかしすぐに女の顔から悲しみが消えた。

セロンはカプセルの横に置いてある小さな神像を拾った。

「ルチアーノ」

セロンは半分だけ顔を動かして、スクリーンを睨んだ。

「最後に一つだけ聞こう。今まで僕たちが共にしてきた時間を考えて、返事をしてくれると信じよう」

「どうせ今夜ひと晩中、一緒だが、まあいい。質問してください」

「タリア夫人はどこにいる?」

「あぁ、タリア様ですか?」

ルチアーノは大きくため息をついた。セロンは神像を握っている手に力が入るのを感じながら、怒りで燃えている紫色の瞳でスクリーンの中のルチアーノを睨み続けた。

「そこは察してくださいよ、ボス。俺がボスを小娘にして犯すつもりだと言ったら、タリア夫人が反対するに決まっているじゃないですか。俺に選択の余地はなかった」

とうとうセロンは我慢できずに大声を張り上げた。

「だから、どこにいるのか聞いて!」

「だから、邪魔者には消えてもらったんだよ!」


その瞬間……。

セロン・レオネの身体が左右にふらついた。

ルチアーノの表情が変わった。赤く充血した目で、大きく舌を伸ばして己の唇を舐めた。

彼の部下たちがその顔を見たらこう言ったはずだ。

見ろ、あれがボッシ・ルチアーノだ！

あれこそが『アニキラシオン』の殺人鬼だ！

「今頃たぶんこの宇宙のどこかを泳いでいると思うが……まぁ、時が来れば見つけられるかもしれないな」

人肉でも食べるような顔でルチアーノはしゃべり続けた。

それに対してセロンは無言だった。ただ顔を下げ、歯を食いしばって、震えている手であの神像を強く握っていた。

セロン自身もわかっていた。

ここでもう得るべき情報はすべて手に入れた。あとは脱出できる可能性を上げるために、今すぐこの場を離れるべきなのだ。

動け。

セロンは自分を急かした。本来の彼の身体ではないからか、思い通りに動かない自分の足に声にならない悲鳴をあげながら鞭打った。

動けよ！

ゆっくり、とてもゆっくり。セロンはドアに向かった。遅い歩みでなんとか近づき、扉のボタンを押した。

扉はいとも簡単に開いた。

ルチアーノの映っているスクリーンに背を向け、セロンは手術室の外に足を運んだ。

いや、その前に『彼=彼女』は立ち止まった。

セロンはスクリーンに向かってゆっくりと身体を回した。セロンとスクリーンの間には先ほどよりも距離があったが、それでも声を届かせるには十分だ。

心のそこから湧いてくる声で話を始めた。

「ボッシ【ラッキー】ルチアーノ」

ルチアーノは充血した目でセロンを凝視した。自信満々な笑顔とともに。

「はい、ボス」

「僕は、セロン・キャラミー・レオネ。『アニキラシオン』の主、レオネ家の当主だ」

セロンはゆっくりと右手を上げた。親指は天井に向けて、人差し指はルチアーノの額を刺したまま……撃った。

「貴様を、必ず、殺す」

ルチアーノはそれに対して何も言わなかった。ただ、セロンには聞こえないくらい小さな声でつぶやいた。

「多分、俺は銃じゃなくて腹上死の可能性のほうが高いです。ボス」

言い終えるとルチアーノは指をパチンと鳴らした。その音が手術室全体に大きく響いたその時、フロア全体から足音がし始めた。

わずか十秒もしないうちに、セロンは百人を超える組織員たちに囲まれていた。

彼らはみんな揃ったように同じ顔でニタニタと笑いながら銃を向けてきたが、当のセロンは炎で燃えるような視線をスクリーンの中の男に向けていた。

そして、その熱視線を向けられている男は下品でかつ卑しい表情で我が主に向かってつぶやいた。

「このルチアーノを天国に行かせてやってください」

5　部下に追い詰められて……

その言葉を最後にスクリーンの電源が消えた。

セロンは画面の中のルチアーノが完全に消えてから、やがてゆっくりと視線を戻した。

彼はしばらくうつむいた後、自分を囲んでいる組織員たちに目を向けた。

その中には何人か見慣れている顔もいた。しかし、見慣れてはいるが名前すらよくわからないその数人以外は、見たことのない顔がほとんどだった。

それは当然のことだった。

セロンは組織員たちに自分の姿をさらすことを極端に避けていた。

ほとんどの命令はルチアーノを通して伝えていたし、必要な席ではない限り顔を出さないようにしていた。おかげで『ＳＩＳ』や競合組織を含むセロンの敵たちは彼の情報を入手することが困難な一方、助けを求める組織員すらいない、この状況を作ってしまった原因でもあった。

ここにいるヤツらは、銃を向けている相手が『アニキラシオン』の主であることも知らないはずだ。

しかし……。

しかし、そうだからって。

「クソ野郎ども」

セロンは悪態をつき続けた。少女のか細い声だったが、そんなことは関係なく組織員全員の耳に入った。同時に、裸の少女を見つめながら下品に罵っていた彼らの口も止まった。

凍り付く空気の中、セロンはもう一度悪態をついた。

「犬みたいな、いや、貴様らには犬も惜しい。少なくても犬は主人を噛まないからな。だがお前らはどうだ？　今までレオネのメシを食って、レオネの家で寝ていたっていうのに、今になってその主人に牙を向けるっていうのか？」

セロンは組織員の顔を一人ずつ、次から次へと睨み始めた。彼と目が合った組織員はそのたびに顔をしかめたが、その中の誰ひとり口を開けなかった。

事情を知らない者が見たら、とても不思議な光景だった。真っ白い裸身をさらけ出した少女と、その裸の少女を囲んだ百人を超える男たち。

しかし勢いに押されているのは、その男たちのように見えた。

組織員たちはセロンを完全に包囲しているのにも関わらず、たかが数メートルの距離を縮めることができないまま尻込みの状態が続いていた。

そしてそれはセロンの思惑通りだった。

セロンは父親のやり方が好きではなかったが、彼の父親は宇宙最大の犯罪組織を導いてきた男である。父親の助言の中からいくつかを頭の中に刻み込んでいた。

いつ、どんな時でもヤツらの主として行動しろ。そうしたら、彼らを収めることができる。

「おい、お前ら」

裸の少女が再び口を開いた。

「お前らが今僕をルチアーノに捧げるとしよう。そして僕はこのまま終わりを迎えるとする。だけど今、この旗艦を占領したからといってルチアーノが『アニキラシオン』を手に入れたと思うわけではないよな? 『アニキラシオン』には十二の艦隊、百二十の艦艇があって、ルチアーノはその中のひとつを手に入れただけだ。ルチアーノがボスになろうとすれば、他の艦隊長が黙っていると思っているのか?」

不満そうな顔でそのまま立っている組織員たちを見て少女は話を切った。

そして、より劇的な効果のために、しばし沈黙の時を挟み次の言葉を投げつけた。

「その命、いつまで続くと思う?」

「……」

いつの間にか組織員たちの中から意気揚々な雰囲気は見事に消えていた。彼らはただ無言で表情を強張らせ、セロンに銃を向けたまま微動だにしなかった。

セロンは感じていた。沈黙の中から彼らの間に不安と疑心が広がっていくことを。どうせヤツらは雑魚であり、ルチアーノの脅しと大言壮語に半分怯えながら応じたに違いない。今頃、間違いなく必死に自分に催眠をかけているはずだった。

しかしセロンも必死な状態では彼らと同じ。

手術した直後のせいか、それとも電脳化技術自体の限界なのか、セロンの身体はまだ彼の脳とリンクしきれていないようだった。

セロンはそうなって幸いだと思った。

万が一、この少女型セクサロイドが完璧に自分の精神とリンクできたら、今頃彼女の身体は抑えきれない恐怖で震えていたはずだ。白い顔は恥ずかしさで赤く染まり、冷や汗が際限なく流れているはずだ。

このか弱い女の子の身体は、彼のものではなかった。だから彼は多くの男たちの中で裸の少女が抱く感情がどういうものなのか、正確には理解できなかった。

彼に出来ることは押し寄せる恥かしさと恐怖を必死に抑えながら、まるでそんな類の感情を全く持ち合わせていない人種のように、普通の人々が想像するような冷血人間のように振る舞うこと。

まだ完全に適応していないその肉体が、彼の努力を手助けしていた。

「……君たちにチャンスをやる」

重い沈黙の中で、セロンはかろうじて声を絞った。隠しきれない微細な震えが、そのか弱い声に含まれていたが、不安に押されている組織員たちはそれに気付いていないようだ。

「今すぐにこんなふざけたことをやめて、僕と一緒にルチアーノを捕らえるんだ。そうすれば今日のことはなかったことにしよう。どうせ今僕の元の身体はあの手術室内にそのまま残っている。簡単な手術だけでいくらでも元通りに……」

セロン・レオネはそこでしばらく口を止めた。

本当に可能なのか。もしかしたら、もう元には……？

「……元通りに戻れる」

疑心を飲み込みながらセロンは話を終えた。

事実がどうであれ今はそう信じるべきだった。自分がそう信じないと、この間抜けどもをたぶらかすことはできない。

幸いにも、この中には自分の十分の一くらい頭が回るヤツも、ルチアーノの十分の一くらいの度胸を持っているヤツもいないようだった。

説得できる。

悩んでいる組織員たちの姿を見ながらセロンは心の中でつぶやいた。たぶらかせる。こいつらをたぶらかして、ここを抜け出す……。

「ふざけるな、この小娘！」

濁った声がセロンを貫いた。

セロンの首が反射的に、その声が聞こえた方を向いた。包囲網の一番後ろ側、名前を知らない組織員の一人が残酷な笑顔でセロンを見ていた。

彼は唾を吐きながら他の組織員たちを追い散らし、ズカズカとセロンに近寄ってきた。唇を舐めながらつぶやいた。

「ふざけた真似しやがって。このブタが」

わずか数秒ほどで、その者は一番前に出てきた。ぎゅうぎゅう詰めに立っていた組織員たちとセロンの空間をまっすぐ侵入して。

「何、何の……ぎゃっ！」

セロンは悲鳴を上げながら自分の胸元を隠した。男はセロンの後ろに回り、左腕で彼女の首を絞め、右手ではその胸を絞り出すように掴んだ。

セロンの口から苦痛の悲鳴があがった。

「いたあああっ！」

「黙れ！」

男は怒鳴りながらセロンの口を手で封じた。そして彼女の耳に、小さな声でつぶやいた。

「静かにしないとてめえの首をこのままへし折るぞ。言っておくけど、ルチアーノがなんて言ったのかは俺には関係ない。俺が命乞いするためにここにいると思うのか？　どうする？　静かにするか、それともこのままくたばるか？」

セロンは仕方なく頷いた。男はほんの少しだけ左手の力を抜く代わりに、セロンを手荒く立たせた。そうしてセロンの裸身を組織員たちによく見えるようにして、男は口を開けた。

「ほら見ろ！　野郎ども。まだこの小娘がボスに見えるのか？」

再び沈黙が組織員たちに広がっていった。男は一度歯ぎしりをした。彼はまた右手に力を入れて、ちぎれそうな勢いでセロンの胸を強く揉んだ。再びセロンの口から悲鳴が漏れたが、男はものともしなかった。

「見ろよ、このバカ野郎ども！」

男はさらに声を上げた。

「これはもうただの小娘にすぎないんだ！　こんなヤツに踊らされてビビりやがって！　てめえらそれでも男か!?」

「バカ野郎？」

一番前の組織員の一人がつぶやいた。

「そんなことはわかっている。だが、その小娘が言うこと自体は正しい。他の艦隊長たちがルチアーノのしでかしたことを知ったらただでは済まないぞ」

「バカ野郎はお前の方だ」

男は鼻で笑いながらセロンの身体を解放した。いや、正確にはセロンをそのまま床に放り投げた。セロンは再び悲鳴とともに床に転がった。手の中で大事に握っていた神像も、カチャンと音を立てて床に転がった。

「ああああっ！」

男はそんなセロンの背中を踏みつけながら、逃げないよう固定した。彼は顔をゆがめて他の組織員たちを見まわしながら笑った。

「他の艦隊長だって？　それをおめえらが心配してどうするんだ？　この小娘が言った通り、ルチアーノを殺すつもりなのか？　この小娘にそれができるとでも思っているのか？」

「ああああっ！」

男はセロンを踏みつけた足にもっと力を入れ、セロンが動けないことを確認すると、顔を上げてしゃべりだした。

「ルチアーノがいくら石頭でも、こいつが言ったことくらいすでに考えたはずだ。俺たちはそういうことを知る必要もなく、知ってても何も出来ることもない。ルチアーノは俺らにこいつを捕えて来いと命令した。なら俺たちはただやればいい。他のことは知ったこっちゃない。おい、小娘。立て」

男はセロンの髪の毛を引っ張り無理やり立たせた。セロンはふらつきながらかろうじて立つことができた。

セロン・レオネの姿はすでに数分前とはかなり異なっていた。ボサボサになった髪はもちろん、一連の暴力により赤くなった頬には涙の跡が残っていた。手足はプルプルと震え、一見、それは犯されたようにも見えた。

しかし、恥ずかしさと恐怖は薄まっていた。その代わりにセロンを動かしているのは、とてつもない怒りだった。髪の毛を引っ張られた状態だったが、セロンは悔しさに歯ぎしりを立てていた。

「このクソ野郎。ただで済むと思うな……！」

しかし男はその言葉に動じることなく嘲笑った。

「おやおや、そうですか。どうするのですか、ああん？　ルチアーノの下で喘ぎ声を出しながら愛嬌でも振りまくのか？　それか、なんでもさせてやるからあいつを殺してくれと？」

「き　きさま……！」

組織員たちの笑い声がした。それが男の下品な妄想か、それとも無力なセロンが怒りで身体を震わす姿に対する冷やかしなのかは分からなかった。

確かなのは一つだけ。

さっきまでセロンは彼らを丸め込もうとし、成功は目前だったのだ。

男はまた最初のように左腕でセロンの首を絞め、右手で胸を強く掴んだ。彼は意気揚々とした声で叫んだ。

「ほら見ろ！　ルチアーノは今この小娘にぶち込めなくてイライラしているようだが、正直俺には全く理解できねぇ。顔以外、胸もケツも全然ないガキじゃないか！　ロリコンじゃなきゃこんなガキを見ても何も感じないぜ！」

セロンの顔はさらに赤くなり、囲んだ人達の笑い声はもっと大きくなった。男はその笑い声が収まるのを待ってから話を続けた。

「しかし重要なのはそこじゃない！　とにかくこの貧弱な小娘さえあいつに差し出せば、俺たちには餌が与えられる、そこが重要だ。あとはルチアーノに任せればいい。朝までこいつを好きにしようが、他の艦隊長と十一対一で立ち向かおうが、それはルチアーノがするべきことだ。みんな同意す……ぐあっ！」

男の話に頷いていた組織員たちが、びっくりして姿勢を正した。

男は左手を掴み、いつの間にか彼の懐から抜け出したセロンを睨んでいた。

セロンは荒い息づかいをしながら口を拭いた。男の左腕の歯形と、セロンの口元に付いた血の跡が今の状況を表していた。

男は歯をむき出しにして笑った。

「このクソが。処女を失うその時まで血は流さないようにしてやろうと思ったのに」

6　ビル・クライド登場!!

「黙れ。下品なヤツが……」

セロン・レオネは血が混ざった唾をペッと床に吐きだした。

「貴様の手に引きずられてルチアーノに犯されるくらいなら、ここで舌を噛んで死んだほうがマシだ」

機械の身体だから舌を噛んでも死ぬことができるかはわからないが……。

言葉を飲み込んだセロンは拳を握って、両手を上げた。

外見はどうであれ、アンドロイドはアンドロイドだ。普通の女性の身体より耐久性は高いはず。少なくとも女子高生の拳よりは強いはずだ。もちろん痛覚も具現化されているようだが。

それに比べて、男はさらに顔をしかめていた。それは怒りや痛みに起因するのではなく、嘲笑からくるものだった。

「…呆れたヤツだ。お前、今俺とやろうっていうのか？　拳で？」

「そうだ」

「はあ？　お前じゃなくて俺の頭がどうにかなりそうだ」

組織員たちが爆笑した。

セロンは歯を食いしばった。正直、自分でも呆れて笑ってしまいそうだった。

それがダメだということはわかっていた。何とかこいつらをそそのかしてここを抜け出すという計画は、このイカレ野郎が出てきて完全に失敗してしまった。

おそらくセロンに残っている未来は、彼らの言う通りこのままルチアーノのところに連れていかれることだろう。

そしてルチアーノが、本気であのふざけたことを言ったのであれば、今夜はルチアーノが望んだ通り、乱暴で熱い夜になることに間違いない。

だから今セロンがやろうとしているのは、何の意味もない行動であった。そんなことくらい、誰よりもセロン自身がよく知っていた。

しかし、仮にルチアーノの女になったとしても、いつかセロンは復讐するつもりだった。何年、何十年かかってもいつか必ず彼の額に銃口を当て、「タリアの復讐だよ」とささやいてやるつもりだった。

思いっきりかかってきやがれ、このクソ野郎ども!!

どうせなら傷跡でも残してくれ。この僕、セロン・レオネが、今日の屈辱を絶対忘れないように。

「おいおい」

男が手を振った。

「ルチアーノが今日お前を抱いたとして、もしかしたら一日で飽きるかもしれない。そしたらヤツは間違いなくお前のその身体を俺たちに渡すのは目に見えている。その時を考えて俺たちにいいところを見せておいたほうがよくないか？」

「……殴られてからでもそんなことが言えるかな」

「……小娘が偉そうに。おい、みんな銃は控えとけ、素手で十分だ」

男はふぅ～と息を吐いて首の関節を回した。他の組織員たちは銃を下ろしクスクス笑っている。

セロンは息を止め、姿勢を構えた。敵に向けてつぶやく。

「行くぞ」

「はぁ、クソったれ……」

男も適当に拳を握って構えた。彼は渋々相手するという感じで、負けるどころか、一発でも当たるとは一ミリも思っていないのが目に見えてわかった。もちろんセロンもそんな期待は少しも持っていない。

それでも、セロンは床を蹴った。

タッ！

タッ！

タタッ！

それこそ女子高生並の、あまり早くもない走りで床を蹴りだした。わずか数歩で男の目の前に到達し、拳を振り上げた。

男はただその拳を軽く握るつもりで手を伸ばした。

セロンの拳が、男に向かっていった。


そして……。


轟音とともに、巨大な衝撃が艦船全体に響いた。

「うあああああっ！」

「ぐあああああっ！」

組織員たちが悲鳴を上げながら、一斉に床を転がった。喧嘩相手の男も数メートル飛んでそのまま壁にぶつかった。

「あああああっ！」

そしてセロンもまた、壁にぶつかって床に転がった。

しかし男たちよりマシだったのは、少なくとも頭をぶつけて気を失わなかったことだった。

セロンは床に転んだ後すぐに身体を起こし、辺りを見回した。あちこちに壁にぶつかって倒れた組織員たちが転がっている。

セロンはしばらく呆然とした状態で彼らを見つめながら自問した。

今、何が起こったのか？

彼は自分の拳を見つめた。しかしすぐに理性を取り戻した。

そんなはずはない。まだ薬が効いているのか？

セロンは焦土化している周辺を見回し、幸い近くに落ちていた神像を拾った。

今の衝撃が本当に自分の拳によるものなのか、それともどこかの宇宙怪獣の攻撃なのか、そんなのはどうでもいいことだった。

重要なのは逃げ道ができたという事実だけ。

セロンは身体を起こした。急いで走るんだ！

その時だった
「この、クソアマ……！」

うめき声の中から、はっきりと聞こえてきた。

さっきの男だ。壁にぶつかっても気を失っていないその男の手には、いつの間にか拳銃が握られていた。セロンが何かを言い出す前に彼はすでにトリガーを引いていた。

フロア全体に数回、銃声が響いた。


パン。

パンパン。

パンパンパンパン。


セロンは強く目をつぶった。しかし何の痛みもないことに疑問を感じ目を開けた。ゆっくり自分の手を広げて確認してから自分の身体を見つめた。

どこにも異常がない。

では、あいつは、あの男は!?

相変わらずセロンに銃を向けたままだった。

ただ、男の額に一つ、胸元に五つ。容赦なく空いた穴から血がポタポタと流れていた。

「見なくてもいいものを見せてしまったな、おねえさん」

後ろから声がしてセロンは素早く振り向いた。

「……？」

そこにはまた違う男が立っていた。

彼はセロンに丁重に目礼をしながら続ける。

「余計なお世話だったらどうか許してください。しかしこの身は正義の執行者、力のない人々の最後の避難所。狼藉者に囲まれて、凌辱されそうな危機に直面している貴女を見過ごすことはできなかったのです」

「……正義の……何…？」

セロンは唖然とした顔で彼の言葉の意味を考えた。

新しく登場した男はいまだに煙が上がっている拳銃をくるっと回し、自分のトレンチコートのポケットに差し込んだ。そして彼はもうひとつの手で自身の目を覆っていた。

裸のセロンに気を使っている様子だった。

「正義の代行者、か弱い人々の最後の避難所。とにかくおねえさん。私の紹介は後でゆっくりと。まずは服から……」

「お……おい」

「うん？」

「コートから煙が出ているが……」

「何？　熱っ！」

男は慌てて自分のコートを触り、悲鳴を上げながらぴょんぴょんと飛び跳ねた。おそらく銃口が冷めてない状態でコートに差し込んだせいで焦げたのだろう。

その正体不明の男が火傷して赤くなった手に息を吹きかけながら情けない声で文句をつぶやいている間、セロンは必死に頭を回転させていた。

やがて男はまるで何事もなかったように姿勢を正し、茶色の髪の毛を整えたあと、片手で目元を隠しセロンの前に近付いた。

「正義の代行者、か弱い人々の最後の避難所」

「いや、それはさっき聞いた……」

「とにかく、おねえさん！」

男がいきなり大声を出したせいで、慌ててセロンは頷いた。そして男は再び丁重に頭を下げて挨拶をし、そのままセロンの前に片膝をついた。

「時間がない、まず俺の紹介をしないといけませんね」

まずは服からじゃないのか？

男は胸元に手を当てると咳ばらいをした。

「ゴホンゴホン、レディ。この身はすでに数十の銀河を旅し、多くの人々に正義の光をもたらすことにより付いたあだ名も数々……」

男は胸元から手を離し開いた。そして次々と指を折りながら聞いてもいないあだ名をいくつも挙げはじめた。

「【リサイクラー】、【悪の掃除者】、【狼のような者】……他にもいろんなあだ名があるが、それらすべてが私の呼び名です。しかし、おねえさん。母から授けられた私の名前を聞きたいのであれば……」

そこで、男は大きく深呼吸をした。

息を吸った後、それを吐き出すように低くて重厚な声でささやいた。


「我が名はビル・クライドです」


そして男は顔を上げた。

沈黙のまま男はセロンを凝視している。

なんだこいつ。何でこんなにじっと見てるのか？

あ、そうだ。裸だ。

しかし、セロンにとって自分が裸体だということはそんなに重要な問題ではなかった。彼の精神は本来、健康な二十代の男だったし、ついさっき女性になったことに対していまだに実感がなかった。年頃の少女が裸体をさらすことで感じる羞恥心なんて、セロンには想像もつかなかった。

あえてセロンが感じる否定的な感情といえば、自分に対するいやらしい視線によるわずかな不快感程度だ。

しかし数分前に頭に風穴ができてしまった彼は、他の組織員たちの不安を消すためにわざとセロンの首を絞め、胸を揉んだ。

立たせて裸体を丸ごとさらけ出し、下品な言葉で罵った。彼の行動は性別とは関係なく肉体的痛みと羞恥心を呼び起こし、セロンはいまだにその気分を振り切ってない状態だった。

だからセロンが顔を赤く染めながら無意識に腕を上げて胸を隠したのは、あの事件の影響による偶発的な行動なのだ。

「いや、その。ちょっと待て」

セロンは慌てながら男、いや、ビル・クライドから離れた。

精神と身体のシンクロが進行したかのように、頬はもちろん身体すべてが赤く燃えてきていた。

俺が何でどこから来たのかもわからない馬の骨の前でこんな……！

セロンは自分を責めながら、倒れた組織員の一人から慌てて上着を剥ぎ取った。

クライドは相変わらずセロンを見つめていたが、それに比べてセロンは彼と目を合わすこともできなかった。

「その、いや、おい。勘違いするな」

脱がした上着を着ながら、セロンは言い訳のような言葉を並べた。

「今これは君がいるから恥ずかしがっているわけじゃないぞ。ただこのちょっと慣れない状況で、自分が無意識にした行動に驚いているだけだ。……クソっ。バカみたいなことを言っているって自分でもわかってるけど……」

黙って彼女を見つめていたクライドが立ち上がった。

あ。

セロンは無意識に息を止めた。

クライドの目からは、さっきまでの丁重な雰囲気が完全に消えていた。彼の顔は固まり、氷のように冷たい目をしていた。

突然の変化にセロンが慌てていると、クライドはあっという間にズカズカと近付いてきた。

そして、彼はセロンの顎を優しく掴んだ。

え？

ええ？

セロンは完全にあっけにとられていた。

出来ることはただボーッとクライドを見つめるだけだった。クライドはセロンの顎を少し上げ、彼女の顔に自分の顔を近づけた。そうして互いの鼻と鼻の先が当たりそうな距離まで顔を近づけてから言い放った。

「なんだ。子供かよ」

7　助けてくれたら二億ＧＤ

その一言を最後にクライドはセロン・レオネの顎から手を離した。そして、後ろも振り向かずにそのままスタスタと歩いて行った。少しの迷いもない、正々堂々とした戦士の後ろ姿そのままだった。

しかしその勇ましい後ろ姿も、セロンにはなんの意味もない。

クライドの手から逃れたセロンは無言で床を見つめ、彼が見えなくなるくらい距離が離れてから動き始めた。

そして、走った。

走って、また走って、十五秒後にはクライドに追いつき、鬱憤のこもった拳でクライドの後頭部を思い切りぶん殴った。

「いたっ！」

不意打ちを食らったクライドは、短い悲鳴を上げながら殴られた後頭部に手を当てた。

少女の拳は、まるで鋼鉄のように重かった。クライドは痛みを我慢しながら大声を発した。

「何をするんだテメエ！」

「それはこっちのセリフだ！」

「え？」

逆に驚かされたのはクライドだった。服もまともに着てないくせに、喚き散らしながら吠える名前の知らない小娘の勢いが、あまりにも凄まじかったからだ。

いつもの冷徹さ、骨の髄まで刻まれた貴族的な優雅さ、そのような類のものを完全に忘れたまま、セロンは怒りの声を張り上げた。

「あれがあそこで言うセリフか？　いや、そうじゃない、とにかく説明が先だろ？　突然現れて跪いたかと思えば、人の裸をじっくり観察して、それで言った言葉が『なんだ、子供じゃないか』それはないだろ!?」

「おいおい、口の悪いお嬢ちゃん。」

「口の悪い……？」

「そう、よく聞け、口の悪いお嬢ちゃん。お前は俺のおかげで命拾いしただろう。何が問題だ？　今のそれが命の恩人に対する態度なのか？」

「いや、だから説明を……！」

「説明だって……、いや、まあ。わかった。説明してやろう」

クライドは疲れた顔でセロンから離れた。彼はエレガントに自分の後頭部をはたきながらため息をついた。

それに比べ、セロンは相変わらず興奮していたが、自分自身、何故ここまでムカつくのかはわからなかった。とにかく今はクライドの説明を聞くために努めて怒りを抑えた。

クライドは顔をしかめながら左手の指を折った。

「おい、ガキ。まず俺は今とても気分が悪い。せっかくいい女を見つけたと思ったら、よく見ればぺったんこのガキだった」

その言葉に、さっきまで我慢していたセロンの心にヒビが入った。

「誰がそんなことを聞くために……」

「そして」

クライドが手を上げセロンの話を遮った。ただそれだけならセロンの口を塞ぐことはできなかったはずだが、彼は賢明にもポケットの中の拳銃に手を動かした。

彼の手がトントンと拳銃を叩くのを見てセロンは黙るしかなかった。

「今見た通り、この俺は人の頭に風穴を作るのに何の躊躇のない人間だ。果たしてお前がこれ以上俺の気分を逆撫でしていいことがあるか、ないか？」

それは……。

セロンはゆっくり唇を噛んだ。

それは、狂った男の話の中で唯一、納得できることだった。

セロンはゆっくり手を下ろして頭を下げた。やっとじゃじゃ馬娘が黙ったことを確認し、クライドもポケットから手を離した。彼は話を続けた。

「おい、ガキ。お前の格好を見るところ、どうせどこかのロリコンの変態野郎に売るために捕まえられてきたようだが、とにかく俺の勘違いのおかげで命拾いをしただろ？　これもチャンスだと思って自分で何とか逃げてみろ」

「……どうやって」

「あん？」

「……どうやって逃げろっていうんだ？」

浮かない顔でセロンは質問を投げかけた。

クライドが自分の銃を触りながら脅迫してきたおかげで、かろうじてセロンは頭を冷やすことができた。それと同時に自分がさらされた厳しい現実を思い出した。

セロンは横目で後ろに倒れている組織員たちを見た。

このイカレた男が突然現れたおかげでヤツらを倒すことはできたが、それと同時にルチアーノを捕まえるわずかな可能性も完全に消えてしまった。

ここで転がっているのはおよそ百名。まだルチアーノのところには百五十名以上が残っていて、ここで起こったことがわかればそいつらもここに駆けつけてくるはずだ。

自分一人ではどう考えても逃げられない。

このイカレ野郎に助けを借りなければ……。

しかし。

「何言ってんだ、お前」

クライドは気乗りしない顔で鼻くそをほじくり指で飛ばした。

そして直後に彼の口から出た言葉は、危うくセロンをじゃじゃ馬娘に戻してしまう可能性があったが、クライドには知る由もない。

「警察にでも助けてもらえよ」

「本気で言っているのか？　警察がどこにいるっていうんだ？」

セロンは意外にも自分の声に怒りが感じないことに驚いた。おそらくこいつのイカレ話に慣れてしまったようだった。

しかしクライドはつまらなさそうに続ける。

「なんだ。お前まさか知らないのか？」

「だから何を……。」

「さっきの衝撃で転んだだろ？　お前も、ヤツらも」

クライドはセロンの後ろで相変わらず寝そべっている組織員たちを指差した。

あ！

その瞬間、セロンは自分がとても大事なことを忘れていることに気付いた。

突然の登場で忘れていたが、確かに目の前のこのアホ、ビル・クライドは、後から現れて拳銃を何発か撃っただけであった。

ならばさっきフロア全体を揺るがした衝撃は何によるものなのか。

幸いにもセロンはその問題を解くために悩む必要がなかった。

クライドは面倒くさそうな声で答えを話した。

「宇宙公安局『ＳＩＳ』の旦那たちが今この艦船を攻略中ってことだよ」

「チームＲＥＤ、チームＢＬＵＥ！　急げ！　ヤツらに準備する時間を与えるな！」

『ク、クソッタレが、警察のヤツら、どうやってここまで……うあああ！』

「チームＲＥＤ、作戦エリア鎮圧完了！　次のフロアーに即時に移動します！」

『止めろ、止めろ！　止め……！』


なんてことだ……。

セロン・レオネはいま自分が見ている光景を信じられなかった。

なんてことなんだ。

本当だった。

すでに旗艦内ではあちこちで戦闘が行われていた。

いや、戦闘というよりは「討伐」や「狩り」という言葉のほうが似合うかもしれない。

真っ白な戦闘服で重武装した兵士たちは、圧倒的に旗艦内の組織員たちを鎮圧していく。

大型スクリーンに映っているたくさんの防犯カメラ……どれを見ても『アニキラシオン』が劣勢であった。

セロンは固唾を飲み込みながらその場面を見つめた。

切なさや失望感、安心感を感じる前にどうしても理解のできない状況だった。

いったいどうやってこの旗艦の居場所を見つけたのか。それにルチアーノが呼んだ『第三艦隊』はどうして彼らの侵入を放置したのか。

やがてセロンは苦笑とともにつぶやいた。

「これを喜ぶべきか、それとも悲しむべきか……」

「なにをバカなことを。お前の今の立場だと喜びすぎて暴れ死んでも足りないくらいなのに」

セロンは声が聞こえてきたほうに振り向いた。そこにはクライドが不満そうな顔で自身のトレンチコートの埃を振り払っていた。

「まったく。ここもそろそろだな。おい、ここ以外の場所はないのか？」

「なくはないけど……」

セロンは平然な顔を装いながら答えた。

「この画面を見る限り、すでにそちらのエリアは『SIS』の手に落ちたようだ」

「このままだと今月も赤字だっていうのに収穫なしかよ」

クライドは肩を落とした。

「なら今からでも上のフロアに上がってルチアーノを狙ってみたら」

「バカか？　あんな化け物に手を出したら、楽に死ぬこともできない」

「……あんた。賞金稼ぎだって言ってなかったか？」

クライドはセロンの質問を軽く無視し、額に垂れた汗を拭きながら部屋の奥にある椅子に座った。

セロンはあえて再び彼に質問するのを止め、頭を回してスクリーンを眺めた。

セロンは『アニキラシオン』の金庫に案内すると言ってクライドをそそのかし、かろうじてこの最下層のフロアまで潜り込んできた。もちろんそれはここにある防犯カメラの画面を見て旗艦内の状況を把握するためだった。そして、セロンはさらに頭を素早く回転させていた。

彼の計算では今の状況は自分に有利に働いている。

「残念だな、ルチアーノ。おかげでこっちは一石二鳥だよ」

例えルチアーノが逮捕され、取り調べられたら結局、宇宙公安の『ＳＩＳ』もセロンがとんでもない状況に陥っているということを知るだろう。『アニキラシオン』のボスであるレオネ・ジュニアが少女型セクサロイドに変わったということを。

しかし、それは逆に言うと、少なくともルチアーノを捕まえて時間をかけて調べない限り、『ＳＩＳ』は自分の正体がわからないという意味でもある。普通の人なら今目の前にいるこのアホなビル・クライドのように、自分はどこかでさらわれた少女くらいに思われるのが普通だ。

これは絶好のチャンスだった。

ここを何とか抜け出すことができれば……。

セロン・レオネの元の身体を持ってここを抜け出し、何とか自分の身体に戻ることができればば。ルチアーノを殺してアニキラシオンを取り戻せることができる。

そしてそのためには……。

「ふぅ」

クライドは大きなため息をつきながら立ち上がった。

「仕方ない。今日はこのくらいにして」

「おい、ビル・クライド」

「……あん？」

クライドは顔をしかめながら自分の名前を呼んだ少女を見つめた。少女は視線を防犯カメラに固定させたままだった。

クライドは最初からこの少女が気に入らなかった。

遠くから見た時はいい女に見えて銃弾を五発も使ってカッコつけたが、間近で見るとまだ発育の足りない小娘だった。

しかも命の恩人である自分の頭を殴ったり、怒鳴りながら飛びかかってくる始末。

ちなみに男の前で裸をさらけ出しても恥ずかしがらないこともマイナスポイントの一つだった。最初は少し顔を赤らめることもあったが、今は裸に上着一枚で出歩いているではないか。

どうせもう会うことはないが、それでもクライドはこのイカレたじゃじゃ馬娘に最後に何か一言ぶつけてやらなければと思っていた。ここまで連れてきて無駄足を踏まされたのも気に入らなかったし。いざとなったらさっきのように脅すつもりで、クライドは銃を触りながら少女に近寄った。

そして冷たい声でこう言った。

「おい、こら。さっきから人の話を遮ってないか?」

「ビル・クライド」

少女は振り向かず、再び彼の名前を呼んだ。

「いいから黙って僕の質問に答えろ」

「……何?」

この小娘、本当にイカレ……。

「金が必要なんだろ？」

「……」

その言葉に、ビンタする予定のクライドの手がそのまま空中で固まった。幸い少女の目はまだスクリーンに固定されたままだった。クライドはそっと手を下ろしながら、何事もなかったように答えた。

「いや、まあ世の中に金がいらない人なんていないだろう。だからって人としての道を捨てるまで金が必要なわけではないけど……」

「ごちゃごちゃ言わずに。必要か？　必要ないのか？」

この小娘は『人に最後まで話をさせたら死ぬ』病気なのか？

クライドは怒りを抑えながら返事をした。

「……必要だ」

「よし。あんた、この旗艦にはどうやって入ってきた？　個人の飛行艇で潜入したのか？」

「当然だろう」

「ちょうどいい。では最後に、自分の腕に自信はあるのか？」

バカになった気分だ。なぜか逆らってはいけないような気分で、クライドは苦々しい顔で頷いた。

「まあ……それなりには」

「ふう」

少女は軽くため息をつくとやっと振り向いた。裸にかけた上着の襟を引っ張りながら、少女は先ほどとは違う、なぜか少し傲慢な顔でクライドを見つめた。

「最後の返事は少し冴えないが、仕方ない」

「何が」

「こちらからの条件は二つだ」

また口を挟まれたクライドは怒りを必死に我慢しながら少女の話に耳を傾けた。もちろん心の中では違うことを考えていたが。

次にこの小娘、ふざけたことを言ってみろ。今度こそ痛い目に……。

少女が口を開いた
「まず一つ。僕と、荷物一個をお前の個人飛行艇で一番近い惑星まで安全に運んでもらう。一個と言えどなかなか大きい荷物だ。当然飛行艇まではお前が運ばないといけない」

それはお願いでも依頼でもなかった。一方的な命令だった。結局我慢できなくなったクライドはムッとしながら声を上げた。

「おい、僕が何で……」

「二つ。僕にそんな風な口をきくことを禁止する」

少女は目をつり上げ腕組をした。

「口を慎め。さっきみたいに『お姉様』みたいな寒い言い方をしろとは言わないが、最大限礼儀正しく、敬語を使うんだ。呼び名は適当に任せる」

……ダメだ。もう我慢できない。

この小娘がいったいどこから現れたのかは知らないけれど、こいつは四十八の銀河全体でも片手で数えることができる図抜けた才能を持っている。それも二つも。


状況把握ができない才能と、人を怒らせる才能。


クライドは無意識に自分の手が少女に向かうことを感じた。

膝の上に乗せて、ケツを叩いてやる。

泣きながら謝っても絶対に許さない。

変態だと思われても関係ない。

せめてそれくらいの屈辱と痛みを与えないと、この怒りを鎮めることはできない。

その時、少女が自分の右手を上げた。

なんだ、反撃でもするつもりなのか？

クライドがそんなバカなことを考えている間に、少女は右手から二つの指、人差し指と中指を立ち上げた。

少女は言った。

「二億」

次こそはビンタのために挙げた手が少女に触れる直前、彼はかろうじてその手を止めることができた。しかしそのまま止めるができず、そのせいでクライドはすぐにでも少女を掴みそうな、変な姿勢で固まってしまった。

そのままクライドは拍子抜けした声で尋ねた。

「な、なに？」

「この条件に同意するなら、あんたに現金で二億支払おう」

クライドの顔が白く変わっていった。

そんなクライドを見つめながら、少女、いや、セロン・キャラミー・レオネ、『アニキラシオン』のボスでありながら当主である彼は、いつの間にか取り戻した自信満々な笑顔とともに、最後に釘を刺した。

「やるのか、やらないのか？」

8　二人の船出

ビル・クライドは今、自分が人生の重大な岐路に立たされていることに気付いていた。夢じゃないかと思い目をこすってみたが、何回やってみても露出狂の少女は消えずに彼の前で自信満々に笑っていた。クライドは躊躇しながら聞いた。

「二億……GD（GalaxyDollar）なのか？」

「二億GD。一括で。望むなら現金で」

セロン・レオネは頷いた。実際に彼にとって二億GDくらい大した金額ではなかった。セロンはルチアーノなんかには絶対に探せない幾つかの秘密口座を持ち、二億GDはその口座の中に入っている金の百分の一にも及ばなかった。

しかし普通の人々にとって二億GDという金は全然違う意味を持っていた。それは大企業に勤めるサラリーマンの年収の何十年分だった。

少女ひとりと、荷物ひとつを運ぶ。

このイカれた少女のご機嫌に逆らわないという条件付きだが、対価としてはとんでもない、怖いくらいの金額。

そしてその分、信じがたい話でもあった。

「お……お前、そんなの誰が信じるとでも……」

クライドは震えている手を上げ、彼女を罵倒した。その疑心は理性的な判断だった。

二億GDという言葉の重さで彼の全身は小刻みに震え上がっていた。

「い……急ぐからって、お、大人をバカにすると、い、いつか痛い目にあう……」

「これだから雑魚は」

セロンは軽くため息をついたあと急にクライドに顔を近づけた。いきなり裸体の少女と鼻先がぶつかりそうになったクライドは「ひっ」と声を出してしまった。彼は瞬間的に後ろに下がろうとしたが、セロンから伝わってくる得体のしれない威圧感に動けなかった。

セロンは言った。

「よく聞け」

クライドは固まっている頭をゆっくり動かした。セロンは低い声で話を続けた。

「本来、僕はお前なんかには想像もできないほど大きな家柄の一員だ。今は訳あってこんな格好だが、一族の力は健在だ。二億GDなんか、僕にとっては紙切れみたいな金だ。そういう面で見るとお前は僕を助ける機会が与えられただけで十分な幸運を拾ったのも同然だ」

話が終わってからも、セロンはしばらくクライドの顔を静かに睨んでいた。クライドはごくっと固唾を飲んでからようやく息を吸うことができた。

セロンはゆっくり後ろに下がり、防犯カメラのスクリーンの前に座って足を組んだ。

彼は再び質問を投げかけた。

「どうする？　やるのか、やらないのか？」

この小娘はもしかして悪魔なのか。

クライドは真剣に悩み始めた。

おそらくこの少女は今、真実を言っている。言葉一つ一つ、しぐさ一つ一つから漂っている気品がその証拠だった。「あなた」から「お前」に、説明から命令に変わったのは言い方だけではなかった。あえてその傲慢さの正体を表現するなら、それは一種のオーラに近いものであった。

クライドの経験によると、そうやって人そのものに漂うオーラは、真似や演じることでは身につかない才能の一つだった。長い間、そのような生活をしてきた者だけに身についた、言葉通り『染みついた傲慢さ』だった。

「ふ、ふむ」

クライドは咳払いをしながら、横目で少女をこっそりと見た。少女はまるで餌を狙っている鷹のようにこちらを睨んでいる。裸のくせに、優雅に足まで組んで、胸まで自信満々に張っていて。気のせいなのかその貧弱な胸も大きくなったような気がした。

彼は認めるべきだった。この少女は本当に名門家のご令嬢か、それとも自らそうだと信じている精神病者だ。

そしてクライドはご令嬢の可能性に賭けてみた。

『アニキラシオン』に狙われたターゲットとしては、その方がより説得力があったからだ。

つまりこれは本当のチャンスだ。少女の言う通り、今日のクライドは完璧な幸運の持ち主だった。

クライドは軽く頷いた。

「わかった」

セロンは冷たく返事した。

「わかった。じゃないだろう。丁寧な敬語を使いなさいと……」

「はっきりわかった。お前というガキは、世の中金ですべてが解決できると思っているんだ」

「……何?」

セロンの瞳が少し揺らいだ。

クライドはゆっくりセロンに近寄って、拳をふるった。彼の拳はセロンの耳をギリギリにかすめ、その背中においてあるスクリーンをドカンと叩きつけた。

セロンは思わずその音に驚き、スクリーンに背中を当てた。

真剣な目と力がこもっている声で、クライドは口を開いた。

「お前の話はとりあえず信じよう。だけどよ、世の中のすべての人間が金をくれるからって、腰を折りながらテメエの足を舐めることはない」

「四億」

「お、お荷物はどちらにございますでしょうか？　お嬢様!!」


それから二分後、セロン・レオネとビル・クライドは旗艦の廊下を嵐のように疾走していた。

「どけ、どけ！　この野郎ども！」

「ひ、ひいいいいいっ!?」

前を走っているのはクライドだった。両手に拳銃を握ったまま、目を光らせながら走っているその姿は鬼のようだった。その気勢がどれだけ恐ろしかったか、隣から彼を見ているセロンの心が落ち着かないくらいだった。

どれだけ凶暴で、疲れもせずに突っ走るのか……。

こいつ、正気ではないな。

セロンは内心呆れたようにつぶやいた。はっきり懐柔するために四億ＧＤという金を約束したが、まさかここまではしゃいで、暴れてくれるとは思わなかった。

この男、ビル・クライドはセロンと合うようなタイプではなかった。セロンはいつも金より品格を重視した。

ただ……。

この男の実力だけは、本物だ。

それだけは否定できなかった。

自分の実力に対して、「それなりに使える」と表現したクライドの言葉は、少なくともセロンから見れば謙遜しすぎのように思えた。今クライドは片手に一丁ずつ、二つの拳銃を持ち全力で走りながら射撃していた。

普通の場合は、その条件下では片手だけでもまともな射撃はできないはずだ。しかしクライドは、狙った目標を完璧に倒していた。

「おい、テメエ、何者なん……？」

「黙って消えろ！」

パン！

パパン！

遠く前を突っ走っているクライドを追いながら、セロンは倒れた組織員をぴょんと飛び越えた。その組織員は、貫通した足を掴んで呻いていたが命に別状はないようだった。

セロンは彼との距離を縮めて、口を開いた。

「おい、クライド」

走っている足を止めずに、クライドはセロンに顔を向けた。

「はいっ、お嬢様！」

「なぜ足を撃った？」

「はい？」

「なぜ足を撃ったんだ。頭ではなく」

セロンの質問にクライドは面食らった顔をした。

「あぁ、私はただ荷物だけ持って逃げればよいのかと……あいつら全員殺さないといけないんですか？　それなら頭を狙いますが」

「……いや、いい。今は荷物の方が先だ」

「はい」

クライドは再び前を向いた。セロンは自分の判断を確信した。この男はかなりの実力者だ。なぜ自分がその名を一度も聞いたことがないか不思議に思うくらい。

ビル・クライドは徹底的な計算のもとで、自分とセロンが通る道の邪魔にならない程度に敵を倒していた。足を撃ったり、手を撃ったり、威嚇射撃で追い込んだあと、そのまま素通りしながら。もちろん反応の早い連中は瞬時に射殺することもあった。

ほぼ百発百中の射撃の腕に、鋭い判断力まで兼ね備えた男。自分の組織にもこれほどの実力者はいなかった。

「あの、お嬢様」

「うん？」

「荷物があるのは、次のフロアでよろしいでしょうか？」

「そう、手術室のような部屋があるはずだ。僕のからだ……いや、荷物はその中にある」

「え、あの、それじゃ……」

クライドは少し迷ってから話を続けた。

「おそらく、もうそろそろ『ＳＩＳ』の連中とも鉢合わせになると思いますが、そいつらも撃たなきゃいけないでしょうか？」

「……」

セロンは口を閉じた。

クライドが言いたいことはわかっていた。彼の本業は賞金狩りだ。犯罪者の首に対して懸賞金を支払うのは『ＳＩＳ』だ。彼としてはいくら四億ＧＤがかかっていたとしても、雇い主となる『ＳＩＳ』に銃を向けることは避けたいはずだ。

それにセロン自身も、『ＳＩＳ』に目をつけられることは避けたかった。せっかく彼らの包囲網を抜け出すチャンスができたのだ。せめて自分が元の身体を取り戻すまでは彼らと絡むことは遠慮したい。

そしたら……。

「半分だけ、正直に行こう」

「はい？」

「おい、ビル・クライド」

走りながら、セロンは冷静に話を続けた。

「いいか？　お前は我が一族の依頼を受けて、個人的に僕を救出しに来た。そう、最初からお前は僕の救出が目的だったんだ」

「あ……あ、はい」

クライドは驚いたがセロンの言葉を理解した。

「そうだ。たぶん、こういえば『ＳＩＳ』のやつらも無理やり連れて行こうとはしないはずだ。で、その次は適当な話でごまかして……」

その時だった。


「ビイイイイルクライドオオオオ！」


廊下全体が崩れそうなほど、その女性の叫び声は響いた。

そのせいで、クライドとセロンは危うくそのまま腰を抜かすところだった。幸い二人ともバランスを失ったくらいでかろうじて危機を避け、その場に立ち止まった。と、同時に、二人は声が聞こえてきた方を見た。

このとんでもない騒音の震源地であり、彼らの前を塞いだ張本人は、白いアーマーで重武装した一連の兵士たちの最前列にいた。

その黒髪の美女は場違いにもスーツ姿だった。

「クライド……テメぇ、ぶっ殺してやるぅぅっ！」

9　宇宙公安局『S－S』女隊員エリオット

「なんだ、あれは」

セロン・レオネがつぶやいた。

「ビル！　このクソったれ、今回はまた何をやらかすつもりだ！」

黒髪の美女が叫びだした。

「や……やぁ、ここでまた会うとは。ハニー」

クライドが気まずい顔で笑った。

……そしてしばらく、沈黙が流れた。


……。

……。

「なんだ」

その沈黙を破ったのは、なぜか嘲笑ってるような顔のセロンだった。

「あれはお前の彼女か？」

「断じて違う！」

黒髪の美女はほぼ悲鳴に近い声で叫びながら否定した。

彼女は残りの人たちが耳を塞いだ隙に、素早くクライドとセロンの前に立った。そして木の葉が震えるように全身を震わせながら、彼らを交互に見つめた。

その間、彼女の表情は、憎しみから衝撃へ、軽蔑へ、また恐怖に変わっていた。やがて彼女は、声を震わせながらクライドに訊ねた。

「あ、あんた……いったい何をしてるの？」

事前に少女と口裏を合わせておいて良かったと思いながら、クライドは説明を始めた。

「あ、それがだね、ハニー。ここのお嬢様は由緒正しい家柄の……」

「ほぼ全裸の少女を連れて？　あんた頭がおかしいんじゃないの!?」

ポカッ！　バシッ！

簡潔な効果音が連続で響いた。暗黒街のボスであるセロンすら瞬間的に目を強く閉じてしまうような凄まじいビンタだった。クライドが倒れなかったのは、まさに意志の勝利だった。何のための意志かって言うと、どうしても最後まで言い訳を貫くという意志であった。

クライドはよろけながらでも、慌てて話を続けた。

「お、俺の話を聞いてくれよ。だから俺は元々ここのお嬢様を救出しようと……」

しかし、今までの行動が招いた結果として、クライドの偉大なる意志は当然のように不運な結果を招くことになる。

「いくら貧乏だからって、なんてことをしているの！　このクズ人間！」

バシッ。ぐはっ！

天下の『悪の掃除屋』でも、最初より強いこのビンタにはかなわなかったようだった。みじめな姿で床を転がるその格好を見て、兵士たちが目を背けるくらいだった。

セロンも同じくうめき声を発した。

しかし、セロンの声は床で転がっているクライドのせいでなく、こんな所で無駄に時間を費やしているという事実が主な原因であった。

何をしてやがるんだ、こいつらは……？

「おい、そこの女。待て！」

息巻いていた黒髪の美女の視線がセロンに向けられた。セロンは心の中でため息をつきながら、さっきクライドと決めた設定を話し始めた。

「さっきあなたが倒した男は、我が一族が僕の救出のために雇った……」

「あなたもいったい！　女の子がこんな格好で！」

黒髪の美女の目に入った新しいターゲットはセロンだった。

「うわっ！」

彼女は瞬時にセロンの上着を掴み、自分の懐に引っ張った。細い腕にはふさわしくないほどの強い力に、セロンはほぼ空中を泳ぎながら彼女の懐に飛び込んでしまった。

「は、はなせ！　離せよ！」

「そこの兵士。この子が適当に着れそうな服を探してきて」

セロンが必死にもがくほど、彼女はもっと強く腕に力を入れた。どうやらこのサイボーグの腕力は、この年頃の普通の小娘とたいして変わらないようだった。

「あなた、今日はラッキーだと思いなさい」

彼女は、ほぼプロレスに近い技でセロンを取り押さえていた。

「吊り橋効果なのか何なのかであの男に惚れたみたいだけど、そのままあの男について行ったら一晩おもちゃにされて、そのまま捨てられるのがオチよ」

「何をふざけたことを！　いいから黙って僕を離せ！」

「この子、口が悪いわね？　……でも」

発情した野良猫のように彼女の懐の中で暴れているセロンの姿に同情心が浮かんできた。

あの節操のない男は、どんな甘い言葉でこの子を口説いたのだろうか……。

彼女の感想が口から出なかったのが幸いだった。万が一でもその感想を言葉にすれば、セロンは真面目に彼女の殺人をも依頼したことだろう。

とにかくその間、もがいていたセロンは自分の力では彼女の手から逃れないことを察し、彼女を説得することにした。セロンの反抗が治ったことを感じたその美女は、明るくて高い声でセロンに話かけてきた。

「あらまぁ。もう私の言うことを聞く気になった？」

「それはこっちの話だ。お願いだから僕の話を聞いてくれ」

セロンは歯に力を入れ、この話の後に彼女の腕をガブりとやってやろうと思っていた。

「あなたとあの男がどういう関係なのかはわからないし、僕が知ることでもない。とにかくあの男は依頼を受けたし、僕を救出する義務が……」


『エリオット隊員！』


「あら、待ってて。とりあえずこれが終わってから話しましょう」

自分を差し置いて通信機をつける女性、おそらくエリオットという名の女性は幸いにもセロンに噛みつかれることなく落ち着いた声で通信機の向こうの相手に返事をした。

「はい。艦長。制圧作戦は完了したのですか？」

『エリオット隊員！　今すぐに他の兵士たちと一緒にその船から脱出しろ！』

エリオットの表情が瞬時に固まった。その懐に抱かれていたセロンも、床にのされていたクライドも、中途半端な姿勢で周りを囲んでいた兵士たちの顔も。

エリオットは注意深く尋ねた。

「……何か、問題でも？」

『おとりだった！　その船自体がおとりだったん…@#@！@#……新たな艦隊が……@%^$%^@@とにかく早くこっちへ戻れ！』

ところどころノイズがあったが、船長の最後の声は悲鳴に近く、その場の人たちが状況を把握するにはそれだけで十分だった。

エリオットが通信機を消し、席から立ち上がるには一秒もかからなかった。

「みんな、聞いたわね？」

彼女は冷たい目で周りの兵士たちを見回した。

「今すぐこの船から脱出しまー……」


ドカン！

ドカンドカン！　ドカンドカンドカン！

恐ろしい衝撃と振動が再びフロア全体を揺るがした。

セロンにとっては今日、二度目の振動であった。

「目標、一発目。的中しました」

オペレーターが落ち着いた声で報告した。レオネ家の執事長、レンスキー・モレッティはなるべく無表情を維持しながらうなずいた。

「続けて撃て。残骸すら残らないように、完全にぶっ壊せ」

「イエッサー」

オペレーターは短い返事とともに自分の任務に戻った。その間、レンスキー・モレッティは急激に動いている自分の心臓をあえて無視した。

彼自身、そして周りの彼に対する評価も、彼は感情より理性に支配される人間だとされてきた。

彼はすでに五十を超えた中年男性だが、その年になっても今まで一度もこのような興奮を感じたことはなかった。

この興奮はいったい？

炎に包まれていく目の前の巨大な戦艦を直視しながら、レンスキーはじっくり自分自身を観察していた。

自分の手で主に死を与えることから来る感覚なのか？

そうだった。

彼は裏切り者だった。

今目の前で破壊されていくあの『アニキラシオン』の旗艦『ブラッディ・レイブン』には彼の若い主が乗っていた。彼が自分の目で直接見たわけではないが、今頃か弱い少女型セクサロイドになっているはずの彼の若い主が……。


最初からすべてのことが計画されていた。


彼は若い当主が警護を名目として呼び出した『第三艦隊』の指揮権を握り、『隠蔽幕』を稼働したまま闇の中に隠れて宇宙公安組織『ＳＩＳ』の艦隊が近寄ってくることを見守っていた。

彼の【新しい主】は『ＳＩＳ』の兵が旗艦をほぼ制圧するころに襲撃を開始し、『ＳＩＳ』の間抜けなヤツらと彼の若い主、そして少ない組織員たちまで全部、旗艦『ブラッディ・レイブン』とともに宇宙のチリにしろと命令した。

おそらく彼の若い主セロン・レオネは家門に一生忠誠してきたその執事長にまで裏切られたということを知らないまま死んでいくのだろう。

そしてその対価として自分はこの『第三艦隊』の指揮権と、旗艦『ブラッディ・レイブン』を沈めた男という名誉を得ることになるだろう。

レオネよ。さようなら……。

レンスキー・モレッティは震えている手を上げて彼の主、彼の家門に最後の敬意を表した。目の前のスクリーンには、すでに半分近く爆発に飲み込まれている『ブラッディ・レイブン』が映っていた。

その時だった。

「ル、ルチアーノ様。いったい何ですか？」

「黙れ！　レンスキー、レンスキーの野郎はどこだ！」

「な、中に……ルチアーノ様？」


ドカン！


鈍い破壊音とともに、何人かの組織員が床に放り投げられた。レンスキーは目をしかめながら、壊れたドアの方に身体を回した。

誰なのかは聞くまでもない。この船の中にあれほどの巨体は他にいないから。

「レンスキー・モレッティ！」

「ボッシ・ルチアーノさん」

ルチアーノの獣のような唸り声に対して、レンスキーはスマートな目礼で返事をした。少しも恐れていない冷静な仕草だった。みんなが恐れているルチアーノだが、レンスキーだけは例外だった。今も昔も、レンスキーは彼を【有能な獣】以上には見ていなかった。

ルチアーノが先に雷のような声で怒鳴った。

「テメエ、ぶっ殺す！」

「ルチアーノさん」

レンスキーは手を上げ、『止めろ』の意味がこもった仕草をした。

「申し訳ありませんが、私は今作戦指揮中です。今のあなたの行動は、その邪魔にしかなりません」

そして、昔の主への私の哀悼の時間もまた邪魔されています……。

格好悪いことだと思い、レンスキーはあえてそこまでは言わなかった。

「申し訳ありませんが、個人的な用件がありましたら後で時間を取っていただけませんか？」

代わりにレンスキーは、その身体に染みついた礼法に従って、最大限上品な言葉と仕草で「今すぐにこの場から消えろ」という表現を伝えた。中にこもっているメッセージはともかく、形式自体は丁重極まりのない言葉遣いだった。

しかしボッシ・ルチアーノはいつも見た目より中身を大事に考える男だった。特に人に関してはなおさら。

「『ルチアーノさん』だと？」

ルチアーノは歯をむき出しにし、もう一度うなり声を上げ、何のためらいもなくレンスキーに近寄った。

何人かの組織員たちが驚いて彼を捕まえようとしたが、彼らの能力では止められるわけがない。ルチアーノは彼らをあっという間に倒して、手荒くレンスキーの胸ぐらを掴んだ。

「ルチアーノさんと言ったのか、レンスキー？」

レンスキーは顔色一つ変えずに答えた。

「もちろんです。ルチアーノさん。私にあなたをボッシと呼ぶ度胸はありませんから」

「ボッシじゃねえーよ。『ボス』だ。レンスキー」

ルチアーノは一段と凶暴な顔でレンスキーを追い詰めた。充血した目は猛獣のように光っていて、思いっきり開いている口から見える歯もまた、それに近かった。

それに対するレンスキーの感想は次のようだった。

口が臭い……。

「聞いたか、レンスキー？　もう一度言うぞ。『ルチアーノさん』ではない。『ボス』だ。この俺が、このボッシ・ルチアーノが『アニキラシオン』の主だということだ。違うか？」

「フム」

ルチアーノは、レンスキーを脅していた。隣で見ている組織員たちは、血が乾くんじゃないかと心配するくらい緊張していた。彼らはルチアーノがもしかしてレンスキーの頭をそのまま食いちぎるのではないかと心配しながら固唾を飲んだ。

おそらく今この場で唯一平常心を保っている男は、レンスキー・モレッティ、彼だけだ。彼はしばらく考えた後頷いた。

「おそらく合っております」

「なのに！」

ルチアーノはさらに声を大きくした。

「テメエのボスがここにいるのに、いったい誰がお前にあの船をぶっ壊せという命令をした！誰がそんな作戦をテメエに伝えたっていうんだ!!」

「ルチアーノさん」

「ボスだ、レンスキー！」

もうこの二人の周りにいる組織員たちは呼吸困難に近い症状に陥っていた。

彼らは皆この続く惨劇に備え、青白い顔をしながらも覚悟を決めた。

その張り詰めた空気の中、かつてのレオネ家の忠実な執事長、レンスキー・モレッティは落ち着いた声で**【遺言】**を伝えた。

「ルチアーノさん」

10　ルチアーノの手違い

「何か問題でもありますか？　ここであの船が爆発したら、このクーデターの証拠は綺麗に消えるし、さらに『ＳＩＳ』の兵士たちも処理できるでしょう。あなたにとって問題は何もないはずです」

「セロン・レオネがまだあそこにいるんだ！」

怒りに満ちたルチアーノはレンスキーを壁に投げ飛ばした。

レンスキーは二秒間、空中を飛んで壁にぶつかり、骨が折れる音とともに床に転がった。何人かの組織員が驚きの声をあげ、彼を介助するために駆け寄った。彼らはレンスキーが死んでいないことだけを祈った。

しかし。

レンスキーは彼らに手を上げて制止した。組織員たちが震えながら止まっている間、折れた左手を振りながら立ち上がった。

彼はこんな状況下でも、落ち着いた声で聞いた。

「セロン・レオネですか？」

「そう、セロン・キャラミー・レオネだ！」

ルチアーノはまたズカズカと歩いてきて、レンスキーの胸ぐらをつかんだ。

いくらレンスキーでも苦痛でうめき声を上げざるを得なかった。もちろん、ルチアーノにとってレンスキーの痛みなど考慮の対象ではなかった。彼はレンスキーの顔に向かってよりデカい声を張り上げた。

「俺が今夜犯して！　恥を与えて！　絶望の中で屈従させる！　あのセロン・レオネがまだあそこにいるんだ！　わかったなら質問に答えろ！　誰がテメエにこんな命令をした！」

獣めが……。

レンスキーは自分の感情を隠し、苦痛に満ちたうめき声を押し殺した。

今彼の前にいる者は、相変わらず【ボッシ・ルチアーノ】だった。

変態的で、ドSの欲望にまみれて、敗者を蹂躙しようとしている獣だった。彼のようなものは絶対に何があってもレンスキー・モレッティのボスにはなれない。

ボッシ・ルチアーノはもう『アニキラシオン』の新しいボスなのかもしれない。いや、そうなるであろう。

しかし彼はレンスキー・モレッティのボスではなかった。

今までも、これからもそうなることはない。忠誠的な執事長、レンスキーを裏切るように導いた人はこんな獣なんかではなかった。

彼の【新しい主】……こんな獣より百倍は優雅で、狡猾で、周密な主。その主の命令に従って、レンスキーはこの作戦を遂行していた。

ルチアーノの乱暴な行動すら、主の予想の中に含まれていた。

レンスキーはゆっくり口を開いた。

「……無論」


もう二度目だった。

揺れている廊下を疾走しながら、セロン・レオネはそんなことを考えた。

セロンはかろうじてあのクソ『SIS』隊員、エリオットの懐から抜け出すことができた。艦船を襲った衝撃のおかげだった。いきなりの衝撃にはいくら精鋭隊員でもたまらず他の兵隊たちと同じく彼女も見事に床を転がった。

もちろん、その床を転がったのはセロンも同じだった。しかし誰よりも早く立ち上がることができた。

セロンは思いきり蹴って走った。

後ろから「そこに行くと死ぬ！」とエリオットが叫んでいたがそんなことは構わない。

だから今、セロンは走っていた。

ムダに痛覚まで具現したこの精密なサイボーグのどこからも苦痛は伝わってなかった。さっきの衝撃はセロンの身体に大した影響を与えていないようだった。

もしかしたら、『ＳＩＳ』がこの艦船に乗りかかったときの衝撃のおかげで慣れてしまったのかもしれない。

とにかくセロンはそんな激しい衝撃を今日、二回も経験した。

しかしセロンが感じている『二度目』は、物理的な衝撃のことではなかった。

……全部嘘だった。

セロンはギリッと歯ぎしりをした。

最初から、あの手術室からスクリーンで僕をたぶらかした時から、ルチアーノはこの船にいなかったんだ。その時点でヤツはもう『第三艦隊』に移動し、代わりにこの艦船をおとりとして使ったんだ。

結局セロン・レオネは、策略を組めないという理由で自分のそばに置いたボッシ・ルチアーノに、今日二度も派手に騙されたのだ。

その精神的な衝撃の方がセロンにはより大きな影響をもたらしていた。今どんな痛みも感じていない理由も、その精神的衝撃のせいかもしれなかった。

セロンは自分自身に怒りを感じていた。

ルチアーノを侮った自分に、彼に愚弄された自分に、その対価としてすべての物を失われる危機に陥った自分に。

「お嬢様！」

その時、切迫した声がセロンを呼び起こした。セロンは走りながら、後ろを振り向いた。彼を追いかけてきているのは、ビル・クライドだった。

「……」

クライドもまた、複雑な心境だった。

艦船を襲った衝撃の直後、顔を上げた彼の目に入ってきたのは、銃弾のように飛んでいく依頼主の背中だった。どこに向かっているのかは聞くまでもなかった。彼らの本来の目的地、あの問題の『荷物』を取り戻しに行くに決まっていた。

しかし状況は変わった。今この艦船は攻撃されていた。いつどこから爆発と崩壊が起こるか分からない。

「頭でもぶつけたの？　どこに行くの！　戻りなさい！　そこに行けば死んじゃうのよ！」

エリオットはまだ自分の身体も起こせない状態だったが、少女の背中に向かってそう叫んでいた。

無理もない。沈没していく艦船の中を彷徨うことは死に向かうことと同様なのだ。

クライドは少し悩んで、結局彼の依頼主を追いかけて走り出した。

エリオットの隣を走り抜けるとき、彼はちらっとエリオットの顔を盗み見た。

呆然とした顔でクライドを見つめている彼女の瞳は危なげに揺れていた。

「また会おうね、ハニー」

と小さく挨拶をして彼はエリオットを後にして走った。

さっきの少女の場合とは違って、後ろからは何の声も聞こえてこなかった。おそらく呆れて……いや、息が止まるくらい苦しくて何も言えないはずだ。そういう女だから。

状況は良くなかった。廊下は揺れ続けていて、軋む音が艦船のいろんなところから聞こえていた。どこかはわからないけど、焦げ臭い匂いまでしている。きっと、どこかで何かが燃えているに違いない。

クソがっ、四億ＧＤ！

クライドは心の中で悪態をついた。四億ＧＤという馬鹿馬鹿しい金額を約束した少女に、またその金をどうしても拒否できない自分に、そしてその金のために沈没していく艦船の中を疾走するこの状況を用意した神様に。

どうしても口では言えないような長くて汚い悪態をついた後、クライドは彼の依頼主に叫んだ。


「お嬢様！」

セロンは相変わらず走りながら、首を少しだけ動かした。

「なんだ?」

「危ないです。エリオットの話を聞いたでしょう? 荷物は諦めて今からでも脱出しましょう」

「ダメだ」

……少しくらい悩めよ!

クライドは顔をしかめた。

もちろん最初から諦めるならここへ走ってくるともなかっただろう。それでも少しくらいは考えてから返事するべきじゃないか。人がせっかく言ってあげているっていうのに……。

半分予想していた答えだったが、それでも湧き上がるこのイライラはどうすることもできなかった。

しかし、それと共にクライドの中に『好奇心』も湧いていた。

いったいその荷物は何だろう。

なぜ、この小娘は命を賭けてまで『ひとつの荷物』を探しているのか。

その時、少女が話しかけてきた。

「おい、ビル・クライド」

「は、はい。お嬢様」

クライドはいそいそと返事した。

ひょっとして、今になって怖くなったのかな? そうすると助かるのだが。

「お前も命は惜しいよな」

「あ、はい。そうです。もちろんです」

おお、いよいよ、ついに……。

「なら黙ってついて来い。できるだけ早く荷物を取り戻せたら、それだけお前の命が助かる確率も高くなるんだ」

「あ……はい、お嬢様」

こ、このクソアマ……。

今すぐ足をひっ掛けて転がしてやりたいという欲望を抑えながら、クライドは彼女の後ろを走り続けた。それでも希望的なのは、彼らの【目的地】がもうそんなに遠くないということであった。

ここを曲がって、階段を上ったらすぐにその問題の手術室があるフロアだった。

この階段さえ登れば……。

少女が立ち止まった。

続いて、クライドもまた立ち止まった。

二人の目に入ってきたのは階段を塞いでいる崩れ落ちた天井の残骸と、その残骸を燃やしている炎だった。

バカな……。

セロン・レオネは目の前の状況を否定した。

ありえないことだった。

ここまで来たのに、もうこの階段さえ上れば、それで手術室に行けば、彼本来の肉体はその中にいるはずなのに。

それさえ手に入れればいい。それさえ持ってここを抜け出したら、どんな手を使ってでも、元の肉体に戻れると思っていた。そうしたら、ルチアーノから今日の屈辱を取り返せることができるのだ。

骨まで染みついた二度の敗北を噛みしめながら、セロン・レオネはただそれだけを考えてここまで走ってきたのだ。

「……お嬢様」

後ろから、クライドの声が聞こえてきた。

「お嬢様、これは無理だ。あきらめろ!!」

クライドの声は今までの彼とは違って、真剣で断固たるものだった。まるで父親が娘を言い聞かせるように、拒否できない力と切なさがこもっていた。

しかしセロンはクライドの声を聞いていなかった。その瞬間にも彼は、このフロアを上るために別の道を必死に考えていた。そんなセロンの心中など露知らず、クライドはしばらく沈黙して返事を待っていた。

やがてセロンの口が開き、か細い声が流れた。

「エレベーターがある」

「お嬢様!!」

「人用のエレベーターは安全装置のせいで止まっているけど、このフロアーの反対側の突き当りに貨物用エレベーターがある。今ならそれに乗って上に行ける」

「……しかし、それでは」


「え?」


その時、セロンの足が空中を走っていた。

目を大きく開けて、彼の雇人を見つめた。

ビル・クライドはこれ以上のない厳しい表情で彼女を持ち上げ、肩に担いだ。

彼は強制的にセロンを連れてここから逃げるつもりだ。


「ビイイイルークライドオオオ!」

「さてと」

　クライドは全くセロンの話を聞いてなかった。その代わりに彼はセロンの腰を支えていない片方の腕を上げ、指を全部開いた。

　セロンが再び声を上げた。

「ビル・クライド！　冗談はよせ！　こうしている暇はないんだ！」

「このまま間抜けのお嬢様を行かせたら、お嬢様がくたばり、俺の今日の収入はゼロ。しかしこのままお嬢様を連れて近い惑星まで送ったら、依頼の半分は完了したんだから、俺の稼ぎは二億ＧＤ！」

　クライドはまるで独り言のようにつぶやいていたが、それが独り言ではないのは誰から見ても明確だった。もうセロンは完全にパニック状態だった。いや、むしろ彼は怯えていた。

「誰かそんな戯言を言った！　僕のからだ……いや、あの荷物を持っていけないなら誰がテエに一銭でもやるもんか！　離せ！　さもないと……！」

「では、変更事項を計算に反映しよう」

　クライドは気乗りのしない声で再び手の平を開いた。

「このまま間抜けのお嬢様を行かせれば、お嬢様はくたばり、稼ぎは０ＧＤ＋夜も眠れない気まずさ。しかしこのままお嬢様を連れて行ったら、俺の稼ぎは０ＧＤ＋じゃじゃ馬お嬢様とはいえ、とにかく人の命を助けたという少しの【やりがい】」

「ビ、ビル・クライド？　あの？　その、おい？　ほら、おまえ、いや、君……」

「さらに、走りながらこのお嬢様のケツも叩けるという特典付き」

「……ビル、クライド？　おい？」

セロンの声はぶるぶると震えていた。なんとかこの人間を説得しなければならなかった。すぐこの男に状況を説明して、自分の肉体を手に入れなければアウトなのだ。

脅しでも、取引でも、そうじゃなければ泣きついてでも……。

しかしどうやって？　この男、さっきなんて言った？

……人助けからくる少しの【やりがい】だと？

「このクソったれ！　てめえにそんな感情があるはずがねーだろー！」

「計算は終わった」

クライドは頷いた。

クライドは大声でわめきながら、全身でもがいている少女を肩に乗せたまま、彼の飛行艇が待っている格納庫に向かって突っ走った。

セロンはクライドの肩の上に乗せられたまま、どんどん階段から、そしてその上にいるはずの彼の身体から遠のいていく。

彼に出来る唯一のことは、泣き叫びながらクライドの背中を叩くくらいだった。
幸い、クライドはその返り討ちにと、セロンの尻を叩くことはなかった。

外伝①　『ブラッディ・レイブン』攻略前

約二時間前の出来事である。

『パンテラ惑星防衛軍』所属、ジゴレード級艦船『エレイド』は、息が止まりそうな闇と沈黙の中に潜っていた。内部の明かりは全て消えていて、乗務員たちはみんな口を堅く閉じたまま、息をする音だけを発していた。

その中にただ一つ。

一つだけ、異質的な光と音があった。暗い指揮室の中央で、白いスクリーンの光を受けながらキーボードを叩いていたオペレーターは小さな声でささやいた。

「前方に未登録アスファリタル級宇宙戦艦を感知しました」

どこからか、固唾を飲む音がした。オペレーターは慎重な顔で話を続けた。

「おそらく『ブラッディ・レイブン』と推定されます」

嘆き、いや、感嘆かもしれなかった。息を潜めていた乗務員たちの間に、伝染病のように拡がっている反応はそのどちらかだった。

数時間前まで、彼らは『ブラッディ・レイブン』という言葉も聞いたことがなかった。だがしかし、彼らはその言葉が意味することをよく理解していた。

それはコード名、正確には、ターゲット名だった。

宇宙公安局『ＳＩＳ』が数十年をかけて追跡し続けてきたＳＳＳランクのターゲット、あの悪名高き犯罪集団『アニキラシオン』の旗艦を意味する言葉だった。

「ばかな」

艦長が帽子を胸元に抱え込みながらつぶやいた。

「ギルマーティン隊員。本当だった。今でも信じられない」

「うう」

艦長の隣に立っている黒髪の美女がうめき声をあげた。

彼女の名前はエリオット・ギルマーティン。

『ＳＩＳ』の三級隊員として、この作戦のために急遽派遣された人物であった。

艦長は震えている声で、エリオットに聞いた。

「本当か？　あれが本当に『アニキラシオン』の旗艦なのか？　我々の手で彼らの旗艦を、あの『レオネ』を捕まえることになるのか？」

「……私も信じられないですが、そのようです」

エリオットが頷いた。艦長は再び身体を震わせた。

エリオットはそんな艦長の気持ちを理解した。いずれにせよ、彼らは今まで数十年の間、一度もその尾を掴めなかった大物を狩る直前なのだ。

『アニキラシオン』。

宇宙の悪夢。

十二の傘下艦隊を揃えて、少なくとも二百の惑星に対して統治権を行使していると推定される、史上最悪の犯罪組織。

今、その『アニキラシオン』の主を目前にしていた。

彼を捕まえることによって、果たされる恨みがどれほどものなのか、またその偉業がもたらしてくれる富と名誉が、どれほどのものになるのか、二十年の歴史を誇る『アニキラシオン』専門担当班所属であるエリオットさえも思いつかなかった。

まして、わずか数時間前からこの狩りに参加した老艦長が、興奮しすぎて卒倒していないのが不思議なくらい。

しかし、エリオットはどうしても振り切れない忌まわしい感情にとらわれていた。

「艦長」

エリオットが緊張している声で話した。

ここでタバコでも一本吸えるといいのに……。

「すでに申し上げたのですが、罠である可能性も決して排除できません。今の私は、ただの助言者なのですが……お願いです。どうか慎重に行動してください」

「ああ、わかってる。わかってるよ、ギルマーティン隊員」

言葉と違って、艦長の声は震えていた。

「君の忠告はちゃんと肝に銘じておくとしよう。しかしこの作戦の責任者は私で、私の部下たちは勇猛なパンテラ防衛軍だ。おそらく君が心配することは起こらないはずだ」

「そうなることを望みます」

艦長の言葉を完全に信用することはできなかったが、どちらにせよ、エリオットはただ頷くことしかできなかった。

彼女にはどうにもできなかった。艦長の言葉通り、公式的にこの作戦の責任者は艦長であり、この作戦の主体は『パンテラ惑星防衛軍』だった。『SIS』本部はこの作戦に最小限の投資だけ、つまりエリオット・ギルマーティン、彼女一人だけを派遣しただけにすぎない。

この作戦から何かを得る可能性が低いという理由で。

それがまさかこんなことになろうとは……。

エリオットはうめき声を立てて、壁に背を傾けた。

この作戦のきっかけは、突然『アニキラシオン』専門担当班に飛んできた匿名メールだった。

そのメールは短い座標と航路計画表、そして『必ず捕まえてください』という一文で構成されていた。

悪戯である可能性が高いというのがチームの大半の意見であり、エリオットも何の期待をせず、確認するために派遣されただけだったのだ。そのため、兵力どころか、補助隊員さえつけられず、近くの『パンテラ惑星防衛軍』に協力を要請しなければならなかった。さらに、その『パンテラ惑星防衛軍』さえ協力要請事由を聞いて不機嫌になったではないか。

なのに……。

なのに今、目の前に『ブラッディ・レイブン』が姿を現していた。

しかも何の警護もない状態で、召し上がれと言っているような姿を現しているのだ。誰が見ても罠だと疑う状況だった。

しかし、だからといって何もやらずに見捨てるには、あまりにも魅力的な罠でもあった。

「おい、ギルマーティン隊員」

艦長が低い声で話しかけてきた。

「はい、艦長」

「よろしかったら、もうそろそろ侵入しようと思うのだが、どうかね」

「はい」

……ふう。

エリオットはため息をついて、壁から背中を引いた。

どうせここで千年万年眺めているわけにもいかないし、一か八か行ってみるしかない。

彼女は艦長に同意しようとしていた。

その時だった。

「か、艦長?」

オペレーターの切羽詰った声が艦橋に響いた。乗員たちの目が一斉に彼に向けられ、艦長も瞬間的に声を上げげた。

「なんだ!」

「身元不明の艦船から、画像通信の要請が入ってきました!」

「なに?」

艦長が当惑した声で問い返すうちに、エリオットはオペレーターの横に飛び込んだ。彼女は手荒くオペレーターを押しのけながら、ヘッドセットを奪って目を丸くしているオペレーターに声を上げて聞いた。

「『ブラッディ・レイブン』なのか?」

やっぱり、これは罠……。

しかしオペレーターは手を横に振った。

「あ、その、違います」

「……違うだと?」

今回はエリオットが当惑する番だった。オペレーターは、もじもじしながらも首を縦に振った。

エリオットは、しばらくぼんやりした顔でオペレーターを眺め、再びスクリーンを眺め、またオペレーターを見つめた。

それから聞いた。

「じゃあ……誰なんだ？」

「よ、よくわかりません。直接出てみたほうが……」

エリオットはゆっくりと首を回して艦長を見つめた。艦長も当惑した表情で、多少ぎこちなく頷くことで、許可する意思を表現した。

エリオットはゆっくりとスクリーンをクリックし、ヘッドセットを頭にかぶせた。空咳で声を整え、最大限威厳のある声で警告を始めた。

「ここは『パンテラ惑星防衛軍』所属のジゴレード級戦艦『エレード』だ。本艦は、『パンテラ惑星防衛軍』の秘密作戦を遂行中だ。そちらが誰なのかは分からないが、用件がなければこの通信をやめるように警告す……」

「よお、エリオット！」

「!?」

突然の軽快な挨拶のせいで、エリオットは危うく大声を出すところだった。

彼女が息を整えている間、スクリーンには電子音とともに新しい画面が一つ現れた。その画面の中には、麦わら色の髪の毛に古風なトレンチコートを着た一人の若い男性が、にっこりと笑いながら手を振っていた。

残念ながらエリオットには見慣れている顔だった。

「ビル……クライド……？」

「これは、幸いにまだ顔までは忘れてないようだな。久しぶり、エリオット。いあ、ギルマーティンの旦那と呼ぶべきかな？」

画面の中の男、ビル・クライドは、豪快な笑みでエリオットに挨拶をした。

どう見てもその親密な態度は、知人またはそれ以上の関係としか考えられなかった。ゆえに、艦長を含む艦内の乗務員たちの視線が同時にエリオットに向かったのも、当然のことだった。

しかしそんな彼らの目に入ってきたのは、真っ青な顔と怒りで震えているエリオット・ギルマーティンの姿だった。

「お、お前がどうやってここに……」

「当然、ひと儲けするために君の後をついて来たに決まってるでしょう」

「なんの……！」

「艦長！」

今回はエリオットを含む艦橋全体の視線が、声が聞こえてきた方に向かった。もう一人のオペレーターが、さらに切羽詰った声で叫んだ。

「十三時方向、約七百メートル前方にカッセル・プライム級小型飛行艇出現！」

「何だと！」

ついに正気を戻した艦長が机を叩いて、ドカンと音を立てた。

「接近することを知らなかったなんて、今まで何をしていた！」

「ほ、本艦に張り付いて『隠蔽幕』を稼働させたまま付いてきたようです！」

「そんなバカなことがあるか！　一体いつからだ！」

「当然、パンテラからですよ。艦長」

オペレーターの代わりに答えたのは、邪悪な笑顔のクライドだ。

「あなたはよく知らないと思うけど、エリオット隊員と俺はずっと前からそういう仲だ。『パンテラ』の街で久しぶりにハニーを見つけてね。お金の匂いがしていたから付いてきたら、これがどうしたの？　『ブラッディ・レイブン』が目の前にあるんだよね？」

「ふ、ふざけないでよ！　誰があんたのハニーなのよ！」

「この野郎！　どこの馬の骨かもわからないヤツが、『パンテラ惑星防衛軍』の作戦を邪魔しようとしているのか？」


ドンドン！

机を叩く音が何度も連続して艦内に響いた。いつの間にか艦長もエリオットの横に立ち、二人は画面の中のざわめく男に向かって怒鳴っていた。艦橋の乗務員たちはただぼんやりと、その状況を見つめるしかなかった。

その間、ビル・クライドは顔をしかめて耳を塞いでいた。二人の息が切れ、呼吸を整えているとき、彼は耳から手を下ろして首を横に振った。

「おい、二人とも正気か？　俺たちは今初めてあの『ブラッディ・レイブン』の後ろを捉えたんだ。そうやって大騒ぎをしていったい何になる？」

「お、お前……！」

「それよりさあ、ちょっと聞きたいことがあるんだけど」

クライドの手が忙しく動き始めた。何かを押して、引っ張って、とにかくスクリーンの方には視線を与えないまま、クライドは話を続けた。

「あんたら、さっきから光まで全部消して、隠れて『ブラッディ・レイブン』を盗み見しているだけじゃん。しかも警護艦隊も見えないし、いったい何をしているんだ？『アニキラシオン』の連中を捕まえないのか？」

「罠かも知れないからでしょうが！」

画面の中のクライドが、エリオットのでかい声で後ろに倒れた。

危うく転びそうになったのは、艦長も同じだった。幸い後ろに置かれた椅子のおかげで、艦長は椅子に座る程度に止まった。他の乗務員たちは、彼より状況が良かったために素早く耳を塞いだ程度で終わった。

エリオットはクライドが立ち上がる前に、速射砲のように言葉を打ち上げた。

「ビル！　てめえこのクソ野郎！　ふざけないで今すぐこのエリアから消えろ！　なにかを拾うつもりでうろちょろするなら、攻撃に巻き込まれて死んでも構わないってことだからな！」

「……やれやれ、ハニー。それでもまだ情が残ってて、親切にも心配してくれるのか」

画面の中のクライドがよろめきながら立ち上がった。

ところで、怒りで震えていたエリオットは、ふとその画面の中から妙な点を見つけた。

画面が……揺れている？

そして、クライドは苦笑いしながら言った。

「これどうしよう。さっきハニーのせいで驚いて、発進ボタンを押してしまってね」

「なに……？」

続いてクライドは、エリオットに向かってウインクを放った。

「ではハニー。『ブラッディ・レイブン』の中で会いましょう。艦長！　お先に失礼します」

その言葉を最後に、通信画面が消えた。

その後もしばらく、エリオットと艦長は沈黙の中で消えたスクリーンを眺めていた。他の乗務員たちは口を開くこともできずに、静かに二人を見ていた。

やがて、艦長が先に口を開いた。

「エリオット隊員。あの者は誰なんだ、結局」

「……ビル・クライドです。賞金狩りですが、それなりに名前は知られているヤツです」

艦長が首を横に振った。

「聞いたことがないんだが……」

エリオットも首を横に振った。

「普通はあだ名で呼ばれています。多分、ご存知のはずですが……『エルカン空中戦』、『リベリア襲撃』、『アルシェイラ逮捕作戦』など……大規模の作戦にいつもこっそり追いつき、自分の分け前だけ持って逃げるヤツ……」

艦長は首を縦に振った。

「まさか、あの男がその……？」

「そうです」

エリオットも首を縦に振った。

「『ハイエナ』です」

～赤い砂漠で少女の争奪戦が始まった～

1章

The Good, Bad and The Ugly

1　「金のない…」船出

ビル・クライドに「最も貴重な財産とは何だ?」と問えば、彼はためらわずに『エンティパス』号と答えるであろう。

カッセル・プライム級の小型宇宙船として、二門の連発レーザー砲と強化チタニウム装甲で武装し、名高い職人が手掛けたエンジンのおかげで、普通の同級飛行艇の倍近い速度を誇る彼の愛馬。

その小さな飛行艇はクライドにとって唯一の移動手段であり、仕事の道具であり、何よりも彼のたった一つの家でもあった。

カッセル・プライム級飛行艇は宿命のような小さな内部空間のため、居間、台所、浴室、そして三つの小さな部屋と倉庫が彼の『家』を構成するすべてだったが、それでもクライド一人が使用するには、十分すぎる空間だった。

『エンティパス』はいつも彼を喜ばせるスイートホームで、彼だけの宮殿だった。『エンティパス王国』の唯一無二の支配者、国王、それがビル・クライドだった。

昨日までは……。

「お嬢様！　どうか！　ご慈悲を！」

ビル・クライドがいつも寝転がりながらテレビを見ていた古いソファーは、今や初めての客のものになっていた。その客は、クライドにすっかり背を向けたまま横になっていたが、正面から見ると、寝ているのか起きているのか見極められなかった。

一方、ビル・クライド、『エンティパス王国』の偉大なる支配者は、その客のすぐ前にいた。より正確に言えば、客に向かって土下座をしているところだった。

嘆願タイムは数十分に及んでいた。

「お嬢様！　どうかご慈悲を！　ご慈悲を！」

「さっきは私が間違えました！　私がどうかしていました！」

「二億GD、いや一億、いや五千……せめて一千万GDでも！　お嬢様あぁ！」

「……」

その情けない姿を眺めていたお客、セロン・レオネがとうとう深いため息をつき、身体を起こしたのは嘆願タイムが始まってから四十分が過ぎた時点だった。

姿勢を直して座ったセロンは、憂鬱な目でクライドを見下ろした。まるで世の中すべてを忘れてしまったような、生気のない視線だった。実際、自分の肉体を失ってしまったという点で生気がないのは当然なことなのかもしれないが、クライドとしては、そのようなセロンの気持ちを分かるはずがなかった。

そのような理由で、現在クライドの最大の関心事は、わずか数時間前にあっさりと諦めたかのように見えた四億ＧＤだった。

「……無様だな」

クライドの姿を眺めていた挙句、セロンが最初につぶやいた言葉がそれだった。

「僕は確かに言ったはずだ。荷物を持っていかないと一銭も渡せないと」

「た……確かそうおっしゃいましたのですが……しかし」

クライドは雨に濡れた犬のように哀れな顔を上げた。しかし、彼が向かい合ったセロンの目には同情心のかけらも映っていなかった。

「僕の言葉を無視したのは君の方だろう？　何と言ったっけ、ああ……そうだ。『やっかいだ』だっけ」

クライドが身体をびくつかせた。

「お、お嬢様。それはあの、その」

「『厄介なじゃじゃ馬お嬢さんとはいえ、人の命を救ったというのも少しのやりがい』でしょ？　それが何なのかよくわからないが、とにかくそのフレーズでも抱いて寝てろ。僕は今考えなきゃいけないことが多いんだ」

「お嬢様あぁぁ！」

結局、ピンチに追い込まれたクライドの選択は、涙を流しながらセロンにすがりつくことだった。彼はセロンの足を抱え込み、その足首に頬を擦りながら泣き叫んだ。

「お嬢様！　頼みます！　このままだと一週間以内に飢えて死んじゃいます！　燃料代もないし、食費もないんです！」

「僕が知ったこっちゃない」

冷たい目でクライドを見下ろした。

「お前は依頼主である僕の要求を完全に無視して、ほぼ拉致同様のやり方で僕をあそこから引きずってきた。それでも僕にお金を要求するのか？　じゃあお前は強盗と何が違うんだ？」

「し、しかし……」

「……本当にいい訳の多い男だ」

クライドはもう完全に絶望した表情をしていた。

セロンは軽く足を動かして、力の抜けたクライドの懐から自分の足を戻した。

彼女は優雅な仕草で姿勢を立て直した。どう見てもスポンジが突き破れた古い地球製ソファーには過分な客だった。

しばらくクライドを睨み、唇を舐め、結局もう一度深くため息をついた。

「……まあ、いい」

「はい？」

予想しなかったタイミングでのセロンの前向きな答えに、クライドは気を引き締めてセロンの口を凝視した。

「もちろん君が僕に犯したバカげたことを考えるとまだ許すわけにはいかないが……とにかくお前のおかげで、僕の命が救われたこと自体は否定できない」

彼女は首を回してモニターを見つめた。画面には光の塊に囲まれた惑星の姿が映っていた。

「ビル・クライド」

「は、はい！」

「あの惑星までは、どのくらいかかる」

クライドはものすごい速さで立ち上がり、操縦席に向かった。セロンが堂々とした表情で自分の爪を見ている間、彼はまたセロンの前に戻ってきて、頭を下げた。

「こ、これから三時間くらいで到着できます！」

三時間か。

それなら、考えをまとめるには十分な時間だ。

「二億だ」

セロン・レオネは吐き出すように話し、席から立ち上がった。

「二億GD。あの惑星に到着したらすぐに銀行から引き出して渡す。それでお前と僕の関係を綺麗に終わらせよう。小娘……一人抱えて走った対価としてその程度なら悪くないはずだが」

その言葉を最後にセロンは席を立った。ぼんやりとしているクライドを残して、後ろも振り返らずに部屋の中に入ってしまった。

一人で残されたクライドは、しばらく黙ってその場に立ちつくし、やがてドアが閉ざされる音が聞こえてから、ようやく口から風が抜けたような音を出しながら席に座り込んだ。物悲しい顔をした彼の口から、死にかけているような声が漏れた。

「これで助かったぁ……」


ドアを閉めた後、セロンは部屋の中を見回した。

どうやら今は使われていない部屋のようだった。小さなベッドはマットレスだけが置かれていて、飾り棚とテーブルには薄くほこりが積もっていた。彼はしばらくためらったが、ベッドに近づいて座り込み、黙って窓の外を眺めた。

すべてが小さくて古い部屋だったが、窓だけは唯一大きくて綺麗だった。その向こうには広大な宇宙の星々が競い合うように輝いている。

わずか数時間前までは、自分の身体で、自分の目でこの風景を見ていたのに。

セロンは苦笑いしながら窓際に寄りかかった。

もう永遠にそうなることはないな……。

彼は脱出した時の場面を思い出した。

クライドは後の座席にセロンを投げ出し、驚くほどのスピードで飛行艇を出発させた。ほとんど放心状態だったセロンは何もかもを諦めた心情で窓に張りついた。

彼らが飛行艇である程度の距離まで逃げられた時、『ブラッディ・レイブン』は激しい爆発を起こした。『ＳＩＳ』の艦船と思える戦艦は、爆発直前に辛うじてその地域を抜け出した。『第三艦隊』のルチアーノは、あえてそんな彼らを追うことなく悠々とその場から消えた。

セロンは少なくとも最期を見届けることができた。

全宇宙から恐れられた「彼」の旗艦と、「彼」本来の身体の最期を。

もちろん、だからといって慰めにはならなかった。

だけど。

セロンは黙って手を伸ばし、窓に手を置いた。そして窓の上を滑るように、そっと手を下ろした。

まだ手はある。

窓に映った自らの姿、か弱い少女の姿を見ながら、セロンは唇をかみ締めた。

そうだった。彼の考えの中にその方法があった。

取り戻せないのなら、作り出せばいいのだ。

「ボスコノビッチ博士……」

セロンは、彼をこの有様にした男の名前を繰り返した。

彼を探さなければならなかった。それが「彼」に、いや、今の「彼女」に残された唯一の方法だった。

「登録番号AA-019879834、カッセル・プライム級、登録者ビル・クライド」

「はい、はい」

スピーカーから響き渡った清らかな女性の声に、クライドはそわそわと答えを返して、何回かキーボードを叩いた。

間もなくピピッという音とともに、旧式のＦＡＸが真っ白なレシートを吐き出した。同時にモニターに表示された数字が急速に減り、やがて0まで落ちた。直後、もう一度お上品な声が響いた。

「料金の支払いが完了いたしました。Ｂ６番ゲート、当該艦船の利用を許可します。ご利用ありがとうございます」

「クフフフ……」

クライドは泣き声なのか、うめき声なのかわからない奇怪な音を発し、キーボードの上に崩れ落ちた。

そんな彼の肩を軽く叩きながら現れたのは、もちろんセロンだった。

「着いたか？」

「はぁい……着きました……」

クライドは力のない声で一言付け加えた。

「私の口座残高を最後の最後まで使い切ってですね……」

「ふん」

セロンは鼻で笑って腕を組んだ。

クライドが泣き声でブツブツつぶやいてる姿を無視し、彼女はスクリーンに映った惑星だけを見ていた。ほんのりと赤い光に染められた小規模の惑星だった。どこかで見たようだが、名前までは思い浮かばなかった。

ただ、あまり愉快な感じではなかったので、セロンは少し目を細めた。

その間、さらに軽快になった女性の声がスピーカーから聞こえてきた。

「ロマンと冒険の惑星、『ペイV』へ、ようこそ!!」

2　赤い砂漠の惑星・ペイV

赤い色で染まっている土の上に一歩を踏み出した瞬間、セロンはすぐに襟元を寄せた。頬をかすめる冷たい風とともに冷えていく体温を感じ、彼女は今更ながら、義体の性能に感嘆した。

これほど精密な感覚の再現はやはりセクサロイドだからだろうか。

しかし、後をついてきたクライドは、セロンの行動を何か別の意味で解釈したようだった。

彼は後ろ頭を掻きながら、しっとりした声でうなった。

「あ、その……すみません。お嬢様」

「……何だ？」

「その、お嬢様に合いそうな服がそれしかなくて……」

「は？」

その時になってやっとクライドが心配していることが何か分かったセロンは、失笑しながら立ち止まった。彼女はクライドに向かい、ぶ厚いコートを軽く開いて、中の服をさらけ出した。

短いワンピース風の妖艶なメイド服だった。

「いい趣味だよ、ビル・クライド」

セロンは嘲笑し、再び襟元を寄せ合わせた。

「今僕の身体にはそれほど短くないが……本当はミニスカートに近いようだね。サイズまで考えると、前の主人もいい身体をしていたんじゃないか？」

「その……そうでもない……いや……まあ、きっとそうだっていうより……」

「ああ、もしかしてそのエリオットという女かもしれないね。思ったよりドロドロの関係だったみたいだが」

「は……は。そ、そんなことはないですが……」

急所を突かれたクライドが口ごもった。数年前のことではあったが、もしもエリオットがその服を着てクライドと何をしたのかがバレたとしたら、この気難しい雇い主が何を突っ込んでくるか想像もしたくなかった。

幸いセロンはこの話題を続けることはなかった。彼女は軽く鼻で笑い、後ろに回り男らしく大股で歩いた。クライドは安堵のため息をつきながら彼女の後ろを歩いた。とにかく、少しでも早く直前の気まずい雰囲気を消すために、クライドはありのままの言葉でしゃべりだした。

「お嬢様。ここではその、気を付けないといけません」

「何を？」

セロンが疑わしい声で問い返した。クライドは首を縦に振った。

「はい。この街は、私がちょっと知るところでは……そんなに楽しくはないんです。あまり富裕な惑星ではないということは、もうお気付きかと思いますが」

セロンはそっと向きを変えて、滑走路の風景を眺めた。

南側の遠くに見えるのは、ほこりに包まれた小都市。そして、それを除いた他のすべての方向に広がるのは、地平線まで草一本さえ見えない赤い砂漠。

セロンはしばらくその寂しい風景を眺め、足を運んだ。彼女はただ無心な声で問い返した。

「『ロマンと冒険の惑星』ではなかったのか?」

「あ、はい。そうです。それがこの田舎町の行政官たちが推しているキャッチフレーズではありますが……」

クライドはあいまいな口調で言葉を濁した。

くだらない話を交している間、二人はいつの間にか空港の建物に近づいていた。もうあの建物へ入って、反対側に出るだけで、『ペイV』の見所のない首都に到着するのだ。

「そのキャッチフレーズ自体が、安っぽい西部劇のような発想から適当に作り上げたものなのです」

意味の分からないつぶやきとともに、クライドはセロンを追い抜いた。

彼は空港に入るドアの取っ手を握って、下僕のような丁寧な身振りでセロンのためにドアを開けた。

と、同時にクライドに七つの銃口が向けられていた。

「……うん？」

クライドが目を丸くして銃口を凝視している間、その銃の持ち主たちの一人が厳かな顔で口を開いた。

「『ハイエナ』ビル・クライド。この『ペイV』によくぞ帰ってきた」

セロンは興味深い顔で彼らを見つめた。

ほとんど同じ姿勢で拳銃を握った七人は身なりも同じだった。濃い茶色のカウボーイの帽子に、ほこりが積もった皮のベスト。色あせたジーンズとオールドデザインの乗馬ブーツ。そして、胸から金色に輝く星模様のバッジまで。

あまりにも露骨なカウボーイ姿だった。

「駐車違反三回。無銭飲食六回、器物破損二回、飲酒による乱闘三回、風紀違反行為四回、その他の軽犯罪十二回」

カチッ、カチッ、カチッ。

拳銃の安全装置を外す音が響いた。それと一緒に七人の保安官の表情はますます厳しくなり、反比例してクライドの顔はますます不自然な笑みを浮かべた。

セロンは彼らに少し離れたところに立っていた。彼女はしばらく静かにその様子を観察し、黙ってコートに積もったほこりを叩き飛ばした。その後、彼女は何事もなかったかのように、彼らの脇を通り過ぎて空港の建物の中に悠々と消えていった。

しばらくして保安官が口を開いた。

「詳しい話は警察署で聞こう」

ほぼ同じタイミングに、ビル・クライドも口を開いた。

いや、絶叫した。

「お嬢様あぁぁぁぁぁぁぁー!!」

しかし、すぐに七人の保安官が彼に向けて飛びかかり、彼が絶叫とともに伸ばした手は、立ち上がったほこりの中に埋もれてしまった。

「………」


非常に厳しい法の番人にクライドを渡してから約一時間、セロンはひとりで『ペイV』の首都を歩いていた。そして、その散歩だけで、セロンはこの都市に対するクライドの評価に納得した。

この都市はすべてが中途半端だったのだ。

『ロマンと冒険の惑星【ペイV】へ、ようこそ!』

「クソッタレ」

セロンの口から悪態が飛び出した。

少なくとも数世紀前に使われていたかのような旧式の電話の形をした無人情報器は、その見かけ通りの性能を誇っていた。

『都市地図』を押しても、『ロマンと冒険の惑星【ペイV】へ、ようこそ！』

『詳細住所検索』を押しても、『ロマンと冒険の惑星【ペイV】へ、ようこそ！』

さらには『機器故障申告』を押しても、『ロマンと冒険の惑星【ペイV】へ、ようこそ！』

ここだけでなく、街中の全ての無人情報器がこのような状態だった。単に銀行を探そうとしただけのセロンが結果的にあちこちと歩いて都市観光を満喫してしまったのもこのせいだ。

本当にばかばかしい。

仮にも一つの惑星の首都である都市のメインストリートだ。平凡な小規模の惑星ですら人と自動車で賑わうはずで、ある程度の有名な惑星なら見上げることができない摩天楼と超高速で街を歩き回る個人の飛行艇のせいで、じっと立っているのも難しい。

しかし、ここはどうなのか。

東西南北に伸びているコンクリート道路の上には、いつから停まっているか分からない空車が数台あるだけで、往来する車は一台も見えなかった。低ければ一階、高くても三階を超えない旧型商店はみんな揃って固く門戸を閉じている。

ただ昔の西部劇に登場するような、開拓時代の装飾だけが、通りのあちこちでボロボロに風化していただけだった。

それまでならまだ大丈夫。しかし……。

セロンは狭い路地の内側に目を向けた。

メインストリートでは覗けない街の裏側。その見えない裏では、がらんとしたメインストリートとは対照的に不気味な活気が漏れていた。

どこからか微かに聞こえてくる笑い声と、ガラスが割れる音、そこに叫び声と悲鳴。

メインストリートの静けさに比べて、その不気味な活気がセロンを不安にさせた。

なぜなら、その気持ち悪い活気は裏社会に生きている者たちが作り出すものであり、セロンには慣れた世界だからだ。

「ちっ」

セロンは自分でも知らないうちに襟をしっかり掴んだ。彼女を抱きしめたのは砂風だけではなかった。それよりべたつく……手足を這い上がってくるような不愉快な空気が気になった。

少なくともこんな身なりじゃなかったら。いや、こんな身体じゃなかったら、こんな田舎でもこれほどの不安は感じなかったはずなのに。

しばらく意味のない状況に時間を浪費した彼女は、再び首を横に振った。カウボーイ風田舎惑星に対する文句を並べることや、一晩にして小娘に転落した自分の運命を嘆くことより、今急ぐべきことは別にあった。

早く銀行を探し、お金を引き出さないと。

そしてそのお金で今日起こった一連の騒ぎに終わりを告げないといけなかった。

面倒になるのではないかと思って保安官たちに引っ張られるのを見過ごしたが、それでもセロンはクライドとの約束を破るつもりはなかった。

警察を通じて渡そうが、メモでもつけて警察署にお金が入っているカバンを投げつけようが、とにかく彼女はクライドに渡すと約束した二億ＧＤをしっかり支払うつもりだった。

その後は、生活に必要なものを購入し、できるだけ早く、もっと発展した惑星に飛び出す旅客便を探さなければならなかった。こんな田舎で博士を追う情報を得ることはできない。できれば『パンテラ』、または銀河を越えてでも、もっとそれらしい惑星に行かないと。

それならば少しでも手がかりを得られるはずだ。

そのやっかいなことを全て処理するためにも、今すぐ銀行を見つけないと。

例え古い無人案内器が銀行へ行く道を教えてくれなくても。

「……全く。しかたない」

セロンは顔をしかめて周囲を見回した。

街は相変わらず静かで、微かな声が狭い路地の奥から漏れていた。

それでもセロンは最後まで街の裏側へ行くことは考えなかった。その代わり彼女は、しばらくメインストリートにある商店街を一つ一つ見て回り、かろうじて人の気配がある飲み屋を選んで足を早めた。

彼女が飲み屋のドアを押している間にも、メインストリートには一匹のネズミさえ見つけることができなかった。ただ、ぶ厚いほこりが積もった広告塔だけが、まるで、小さな背中の彼女が言葉なくパブの中に消えていく姿を眺めているかのように佇んでいた。

3　保安官 vs ビル・クライド

時間的には真昼だったが、建物内は非常に暗かった。窓は全部締まり、鍵もかかっていた。照明もほとんど消えていた。当然、空気も蒸し暑く、息をするのも容易ではなかった。

さらにここは【赤い砂漠】で有名な『ペイV』だ。

暑さとほこりではどこにも負けないくらい悲しい惑星だった。この不快感のせいで、どこかで誰かがイラ立ち、誰かが怒鳴り散らかしていても不思議とは感じない。

しかし今この瞬間、建物の中を満たしているのは、重い沈黙と張り詰めた緊張感だった。

全ての人の視線が、唯一明るい照明の下に向いていた。照明は天井にぶら下がったまま、その下の小さなテーブルを照らしていた。六人の保安官が囲むそのテーブルには、二人の男が向かい合ってお互いを睨んでいた。

一人の男が先に口を開いた。

「では最後にもう一度聞く」

「……おいおい、保安官の旦那」

その向こう座った男、ビル・クライドは、余裕あふれる態度で手を振った。

「俺を誰だと思ってるんだ。俺は『ハイエナ』ビル・クライドだぞ」

　クライドは軽く指先に息を吐いた。そのせいで、照明の下で光を受けながら飛びまわっていたほこりが揺れ動いた。

「一度吐いた言葉を変えることはない。百回聞いてみろ。俺の答えはすべて同じだから」

「……そうか」

　保安官は深くため息をついた。彼は切ない感情がこもった目でクライドの顔を一度眺めた後、隣に立っている仲間に手で合図をしながら続けた。

「仕方がない。留置場に入れろ」

「はい」

「待った！」

　クライドは慌てて席を立ち上がった。しかし、いつの間にその後ろに戻ってきた二人の保安官がクライドの両肩をしっかり掴んだ。クライドは何とか逃げ出そうと身体を捻り、焦って口を開いた。

「おい俺の話をちゃんと聞いたのか？　とりあえず、この手を離してから話しましょう！　おい！」

「話は全部聞いたが」

　保安官はそっけなく答えた。

「『ハイエナ』ビル・クライド。駐車違反三回。無銭飲食六回。器物破損二回。飲酒による……まあ、とにかく、今お前は罰金を払えない。それがすべてだ」

「払いたくても払う金がねぇんだ！」

クライドは悲しい声で叫んだ。

「一銭も！　一銭もねぇ！　いや、払わないつもりではなくって、本当に一銭もありません！」

「出しても出さなくても、結局同じだ。留置所へ連れて行け！」

「だから、今あんたらが俺を放して、少し時間をくれたら払うって！」

両脇の保安官が力強く引っ張り、留置所へ連れ出そうとするのを、クライドは一度かろうじて持ちこたえた。もう半分涙ぐんでいた。

「あんたらも見たでしょう？　あの高慢なふりをする小娘！　その子が俺に二億ＧＤを持ってくるんだから！　それさえ貰えれば罰金なんかいくらでも払うよ！」

「イカレ野郎」

鼻をほじっていた保安官が、軽く鼻クソを飛ばした。隣で他の保安官が慌てて席を外している間、彼は軽蔑する目つきでクライドを見た。

「そんなバカな話を誰が信じるか。その小娘が公爵家の娘とでも言うのか？」

保安官としては不意に投げかけた言葉だったが、クライドはそれこそ待っていた質問だった。

クライドは首に青筋を立てて叫んだ。

「せいかあああい！　正解！　正解！　その小娘が貴族家のご令嬢なんだってよ！」

「……ほぉ」

保安官が再び手振りをすると、クライドを掴んでいた力が少し緩んだ。クライドは素早く二人の保安官を押し出して、息を切らした。

そんなクライドを眺め、向かい側に座った保安官は腕を組んで顎を引いた。彼の眼差しはどこか陰険に光っていた。

「やるではないか、ビル・クライド。元々種馬のようなヤツとは知っていたが、まさか貴族のご令嬢にまで手を出すなんて思わなかった」

「は……ははっ。そう、そうでしょう……？」

クライドは無理やり微笑んだ。

厳密に言って、少女が彼に二億ＧＤを与える経緯は保安官の想像とかなりの差があった。それでもとにかく彼が少女によって二億ＧＤの金を稼げることになるのは事実だから、クライドはあえて細かい事情まで説明する必要はない。

重要なのは二つの事実だけ。

少女が名門家のご令嬢だということ。そしてビル・クライドに二億ＧＤという莫大な金額を持ってきてくれるっていうこと。

保安官は再び頷いて話した。

「よし、ビル・クライド。とにかくお前も俺たちもカウボーイ同士だから、たとえ罪人でも代価さえ支払えばお互い必要以上に関わる理由はない」

かろうじて息を落ち着かせた後、クライドは肩をすくめた。

「……そう。やっと話が通じたよ。なら俺を解放してくれ」

「まあ……お金さえ貰えれば構わないが」

保安官が軽く眉をひそめた。

「しかし君が外に出なきゃいけない理由は何だ？　その令嬢は赤ん坊でもないし。お金を持ってここに来るんだろ？」

「おいおいおい」

クライドが頭を振った。彼はすでに平常心をある程度取り戻していた。前に座った保安官も、先ほどよりはもう少しリラックスした顔をしていた。

彼は保釈される。少女が無事にお金を持ってきてくれさえすれば……。

「この街の保安官であるあんたがそんな話をするのか？　この街で、小娘が二億ＧＤを持って歩き回っても何にも起こらない？　この凶悪なカウボーイタウンでよ？」

「は？」

保安官はにっこりと笑い出した。しかしクライドとしては、同じようにゆったりと笑う状況ではなかった。クライドは隣に立っている他の保安官を軽く押した。彼らの隊長の失笑を肯定の意味に受け入れたかのように、その保安官は静かに道を開けた。

クライドはそのまま外に出ようとしたが、しばらく立ち止まった。保安官たちに背を向けて、彼は首だけを動かして後ろを振り返った。

「それに、その小娘は間違いない……。そんなに長く一緒にいたわけではないけど、間違いない」

「何がだ？」

保安官は相変わらず緊張感なく問い返した。クライドは吐き出すように言った。

「世間知らずの箱入り娘だ。彼女は」


その頃、クライドから『箱入り娘』と呼ばれたその男、いや少女、セロン・レオネはものすごい不快感を感じていた。

道端のパブに入って、銀行に行く道を尋ねたところまでは大丈夫だった。目的もたやすく達成した。バーテンダーの老人は、世の中のすべてのことが面倒くさいという表情を浮かべはしたが、それでも結局、銀行へ行く道を教えてくれようとした。

むしろ問題は、そのバーテンダーの前に座っていた、いや寝転がっていた酔っ払いだった。

「おいおい。いつからここでホステスを雇い始めたんだい？」

「……だから、銀行に行く道を」

「お嬢ちゃん！　お尻をちょっと触ってみてもいい？　うん？　チップあげるから」

「この身の程知らずの変態が、どこに手を出すんだ！」

セロンがその酔っ払いの額に穴をあけなかったのは、ただ懐に拳銃を持っていなかったからだ。その代わりに彼女は、よろめく酔っ払いの急所を蹴り上げるくらいで許してやって、悶絶する酔客を放置したまま、再び丁寧な声でバーテンダーに道を聞いた。

バーテンダーは舌打ちしながらも、詳しく道を教えてくれた。

しかし、本当の問題は、銀行に到着してからだった。

セロンが出くわした最大の難関は、彼女が普通の方法で銀行を利用した経験が一度もなかったということだった。


「ふむぅ…。」

千辛万苦の末、銀行の中に入った瞬間、セロンは当惑した。

銀行に問題があったからではない。正面に長く並んだ窓口には、それぞれの担当業務が書かれたパネルが付いており、その前に置かれた椅子には、さほど多くない客が座って自分たちの順番を待っていた。片隅にはＡＴＭも数台置かれていた。建物の形や内部のインテリアがやや旧式ではあったが、特徴のない普通の銀行だった。

ただ、それは銀行の利用に慣れている人にとってだが……。

「……それで……。お金を引き出すためには誰と話せばいいんだ」

セロンはそわそわした声でつぶやいた。

レオネ家には組織業務とは別に、家門の財産だけを管理する約二十人の会計管理チームがあった。セロンはさほど重要ではない会計業務は、彼らとタリアに委任していた。

銀行との関係といえば、よほど重要な案件がある時だけ、該当する銀行の頭取を呼びつけて話すくらい。

当然、彼が直接銀行を訪問することはなく、一人で銀行に入って預金を引き出したりすることは絶対になかった。そしてそれは今後も永遠にあってはならないことだった。

ばかばかしい！

ルチアーノみたいな間抜けに裏切られて、こんなことにならなければ……。

セロンはため息をついた。

とにかく今のセロンは、『アニキラシオン』のボスではない。現実主義者らしくその考えを止めて行内を見回した。

一番先に目に入ったのは隅のＡＴＭだった。オンラインを通じた取引のほうがセロンは慣れていて、彼女が引き出さなければならない金が現金二億ＧＤではなかったら、このＡＴＭを使ってもよさそうだが……。

ただ、これだけの現金なら、やはり頭取と直接話をしなければならない……か。

セロンは首を振り、近くの窓口に近づいた。誰か行員に「頭取を呼んでほしい」と言うつもりだった。

その時だった。

「おい、そこのあんた！」

セロンは足を止めた。

突然響き渡った鋭い女性の声は、間違いなくセロンに向けられていた。

「……僕の事か？」

セロンは冷静さを装いながら、徐々に声が聞こえてきた方を振り向いた。そこには、一目で見ても不自然な格好をした中年女性が鋭い目でセロンを睨んでいた。

偽造品であることがすぐに分かる露出の激しいメーカーのドレス。スタイルとは全く似合わないミンクコート。最後に同じく似合わないサングラスまで。

誰が見てもその不自然な服装は変装の証だった。

密偵なのか。いつから？

「そう。お前よ」

彼女は顎でセロンを指した。

「何か、言いたいことでも？」

僕の正体を確信しているのか。それともただ探っているだけか……。

セロンは心の準備をした。銃を抜いたらそのまま逃げて、違ったら言葉をかけてみよう。そのどちらでもない場合には……。

なのに、中年女性が続けた行動は、そんなセロンの予想をはるかに超えるものだった。彼女はいきなり立ち上がって、大股でセロンに近づいた。

彼女は顔をゆがめて言った。

「このアマ、生意気な言い癖だね」

そしてその次の瞬間、セロンは床に尻餅をついて座り込んだ。

微かにコートがめくれて、中に着た派手なメイド服がそのまま現れたが、セロンはそんなことに気を使う余裕がなかった。セロンはただ、赤く熱くなってヒリヒリする頬を触り、ぼんやりと頭をあげて中年女性を眺めた。

中年女性は怒りながらセロンを見下ろしていた。

「もしかしたらと思ったけどやっぱりだね。あんた、どの店の子なの？」

「え……どの店……？」

セロンはぼやっとした声で彼女の言葉を繰り返した。中年女性はさらに怒った声で話し続けた。

「どの店の子なのかは知らないけど、私だって順番待ちしているのに、ずうずうしく割り込もうとする？　この常識知らずが!!」

セロンは驚いた表情をしながらまったくこの状況を……。

「さっさと番号札を抜いて席に着きなさい！」

理解できなかった。


「あ、待て。ビル・クライド」


やっと出ようとしていたクライドは、再び保安官の声に足を止めた。

「なんだ？　また」

「最後にもう一つだけ聞きたいことがある」

保安官はフッーと自分の指を吹いてほこりを吹き飛ばした。

「時間ないから早く言えよ」

「別に重要なことではないが、確認するためにな。それで、その娘、どこのご令嬢なんだ？」

保安官の話が終わった途端、クライドは足を蹴る仕草をした。

「なんだ。おい。そんなことを聞くために時間を無駄にしたのか？」

「おいおい、だから言っただろ。ただ確認するだけだと」

「クソ。そう。あの小娘はな。名の知れている名門家の、んと……」

「名の知れている名門家の？」

「……え…あれ？」

そういえば。

クライドの口元がぴくぴくしていた。

あの小娘の名前……何だっけ？

彼ができるだけ早いスピードで頭脳を回転させながら、名前を思い出そうと頑張っている間に、いつの間にか保安官たちは彼を取り囲んでいた。

クライドがそれに気付いたのと同時に、机に座っていた保安官がもう一度尋ねてきた。

「……で、名の知れている名門家の？」

「……あ、ちょっと待って。んと……その、あれ？」

しばらく沈黙が流れ、保安官が頷きながら口を開いた。

「やっぱ、留置場に入れろ」

クライドは再び叫び、暴れながら抵抗したが、保安官は少しも興味を示さなかった。

二億ＧＤに目がくらみ、雇用主の名前を一度も聞いていない愚かなカウボーイが受ける対価としては、実にふさわしい処罰だった。

4　バトル・オブ・バンク

「はい。あ、はい。はい。承知しております。はい。それでは……」

電子音とともに画面が消えた。男はようやく腰を伸ばすことができた。肥大した身体のせいか、額や首に汗が滲み溢れていた。

画面が完全に消えたのをもう一度確認した後、彼は椅子に崩れ落ちた。

「はぁぁ……」

ぼんやりした視線は天井を向いていた。

大変厳しい通話だった。

相手がややこしく振舞ったからではなかった。むしろ相手はとても丁寧で優しい態度で頼んできたし、その頼みの内容も少しは面倒ではあったが、まったく話にならないことではない。男がここまで気力が尽きたのは、ただその責任の重さに潰されそうだったからだ。それほど相手の名前が凄かったからである。

こりゃあ、まったく……。

男は首を振った。

とにかく電話は終わった。

おそらくこれでしばらくはその重荷の相手と話すことはないだろう。男はまず心を落ち着かせようとした。

緊張が解けないせいか喉が渇いた。給水器を探したものの、水だけでは足りないようだ……。業務時間中だがビール一本くらいは飲まないと、この喉の渇きは解消されない。

彼はゆっくりと椅子から身を起こした。確か冷蔵庫の中に以前に貰ったビールが残っているはずだ。

その時、ノック音が部屋の中に響いた。

「支店長！」

おい、ちょうど立ち上がろうとしたところだったのに……。

男はため息をついて再び椅子に座った。彼は姿勢を整え、威厳のある声で答えた。

「入りたまえ」

「はい」

低く軋んだ音とともにドアが開いた。当惑した顔で部屋に入ってきたのは窓口のチーム長を任されている女性職員だった。

「何事かね？」

「それが……お客様が、支店長にお会いしたいと……」

「俺に？」

男は怪しげな声で問い返した。職員は黙って頷いた。

男は今日、誰かに会う約束をしていたか考えてみたが、記憶にはなかった。それで、もし遠くから知人でも訪ねてきたのかと思って、もう一度確認をした。

「名前は？」

「えーと、それが……」

女性職員の表情が暗くなった。男は胸がドキンとするのを感じた。またしても、イカれた『カウボーイ』の連中でも攻めてきたのか。

しかし、幸いなことにそうではなさそうだ。女性職員は首を傾げながら話を続けた。

「女の子です」

「女の子？」

「はい、高校生くらいの子なんですが……」

ああ。男は誰だか気付いたのか、頷いた。

「私の娘か？」

「いいえ、支店長の娘さんなら知っています。……初対面の子です。格好からするとどこかコスプレのお店で働いているような気がしますが……」

「何？」

男の顔がゆがみ、すぐ赤くなった。彼は席から立ち上がり女性職員に切羽詰った声で話した。

「おい、いや、あのね。誓うけど、ここの支店長になってから、俺はこの街の店には一度も行ったことがない。それにまさか俺が勤務時間にそんなことをするはずが……」

「いいえ、いいえ。まさか。私たちもそういう風には思っていないです。いや、瞬間的に少しだけ……いや、とにかく。そんなことのために来たのではないようです。お金を引き出したいと言っています」

「金?」

男は不思議そうに聞き返した。

「金を引き出すのになぜ俺に会いたいと言っているんだ? ATMで引き出せばいいだろう」

「それが……少し多いんです。現金だと」

「多かった?」

「はい」

女性職員はしばらくためらってから、付け加えた。

「二億GD、引き出したいそうです」

男は息が止まるのを感じた。

「……」

その時、コスプレ店のお嬢さんと勘違いされた、まさにその少女、セロン・レオネは、すぐにでも爆発しそうな怒りと羞恥心を抑えながら、身を震わせていた。

いくら忘れようとしても忘れられなかった。

臆面もなく自分にビンタを食わせたその女。奇怪な身なりをしたそのクソ女は、最後の瞬間までセロンを睨み、自分の仕事を終えて銀行を出た。

その間セロンは、黙って頭を下げて座っていた。生まれて初めて打たれたビンタの衝撃の中で、必死に状況を理解しようとしていた。

しかし、その一連の状況を理解するには自らの力だけでは不可能だった。一人だけではおそらく最後まで気付かなかったかもしれない。小さく舌打ちをしながら、彼女をかすめて通り過ぎた誰かのつぶやきがなかったら。

「ふふっ……ママに楯突いて……水商売の女のくせに身の程知らずだね……」

その言葉を聞いて、セロンは状況を理解できた。

あの変な身なりの女は、おそらくこの街の裏通りで力を持つ水商売の主だろう。そして彼女の目には、こんな格好をしている自分が、どこかの店の『下っ端』娼婦に見えたのだ。

脚を開いて稼いだお金を持ってくる以外に使い道のない浅はかな女、その中でも青二才。そんな小娘が、身の程知らずにタメ口で話しかけたから腹が立ったのだろう。

セロンは、そのおかしな身なりの女が感じた不愉快な感情をその時になって初めて理解することができた。

普段ならたいした話ではない……。

娼婦と勘違いされ、おまけに頬まで殴られたその哀れな女が自分じゃなかったら、だ。

「殺してやろうか」

思わず口からそんな言葉が溢れてきた。

その男、ビル・クライド。一億GD程度を上乗せしてあげると言ったら、どんな事でもするだろう。もしかすると今日中にでもあのおかしな身なりの女の額に風穴を開けるかもしれない。もしも断ったら、さらに一億GDを上乗せしてでも……。

いや、待て。

そもそもこのような状況に置かれた最も根本的な原因は、このクソのようなメイド服のせいではないか。あの『SIS』捜査官にこの服を着せて何をしたのかは分からないが、いずれにせよあの野郎がこんな服を僕に着せたから、その水商売の主も通り過ぎた客も、さらには窓口の女子職員までもすべて自分を完全に娼婦だと勘違いしたのだ。

よし。じゃあ、答えは簡単だ。

適当な銃を選んで、あの女もビル・クライドも、みんなまとめて殺してしまえばいい。一人あたり一発ずつ、綺麗に……。

「ゴホン」

その時、ふと聞こえてきた咳払いがセロンの想念を破った。

彼女は頭を強く横に振り、自分を責めた。

何をバカなことを考えているんだ。今すぐにでもお金を引きだして、ここを離れなければいけない状況なのに。

セロンは湧いてくる怒りを抑え、心の片隅に押し流した。

実際、ルチアーノとその子分たちから受けた恥辱と比べたら、この程度のハプニングは何でもない。この程度が我慢できないと、復讐なんてとても……。

代わりに彼女は大きく深呼吸をした。口元に軽い笑みをたたえ、震えていた身体を引きつけた。ゆっくり席から立ち上がり、咳が聞こえてきた方を見た。

「あなたがこの銀行の支店長か？」

当惑したのは支店長の方だった。明るい声、しかし何のためらいもなくタメ口で挨拶しながら手を差し伸べてきた娘ぐらいの少女に、どう反応すればいいのか。

支店長はしばらく悩んだが、結局少女が差し出した手を掴んで揺すってみた。

「『ペイV』支店の支店長。アダム・コープランドです」

「よろしく。出会えて嬉しいね、コープランドさん」

「……」

この女、もしかしておかしい？

表向きは頷いて挨拶を受けたコープランドだったが、内心そうした疑惑が浮かぶのを防ぐことはできなかった。大体どこの世界の小娘が、自分の親ほどの相手に向かって、あんな言葉遣いをするというのか。

議員階級のお嬢さんなら多少偉そうな態度くらいするが、それでもあんな高圧的な男性の話し方はしないはずだ。

実際、セロンも普段以上に高圧的な言葉遣いをしていた。もともと業務上会う相手には、比較的柔らかい敬語で話す。

ただし『アニキラシオン』のボスとして持っていた余裕と寛大さが残ってない今のセロンとしては、少なくともそんな話し方で自分を守る必要があった。

「とりあえず座ろうか」

セロンは自然な身振りでコープランドに座ることを勧めた。コープランドは違和感を感じながらも渋い顔で座った。

コープランドが自分の席に座った後、セロンもゆっくり席についた。

「時間がないから単刀直入に言う」

「……そうですね」

彼としてはそう言うしかなかった。しかし、それはある意味ではミスだった。しばらく沈黙していたメイド服の少女が、さらにふざけたことを口にしたからだ。

「現金で二億GDを引き出したい。そして当該口座のクレジットカードを一枚発行してもらいたい」

やはりこの小娘、狂ってる……。

コープランドは決めた。

適当なタイミングでトイレに行くと言って、病院に連絡をしよう。

「それは……なかなかのお金ですね」

「わかってる」

セロンは軽くため息をついた。

「普通ならその額を現金で払えという要求はあまりないだろう……あなたには済まないと思っている。しかし、僕も今の状況が状況だからね。現金で二億GD、可能なのか？」

「まぁ…。当行の現金保有量は豊かな方ですよ」

「よかった。だったらなるべく早く、今すぐ受け取りたい。コープランドさん」

セロンが指を振った。

「適当なカバンも用意してくれ。カバンの分はそちらで計算して口座から引いてくれればそれでいい」

その言葉を最後に、少女は足を組んで椅子に身体を寄せた。

そして、眠るようにそっと目を閉じて黙ってしまった。

困ったのは一人で残されたコープランドだった。

聞きたいこと、言いたいことが山のようにあったが、すでに目を閉じてしまった少女は、もはや口を開ける気配すらなかった。

もう彼に残された選択肢は一つしかなかった。コープランドは黙って席から立ち上がった。

いったい今日はどんな悪運が憑いたのか……。

彼は注意深くドアを閉めて部屋を出た。

十歩くらい歩いた。

その場に立ち止まって、旧式の携帯電話を取り出した。

「え……どれどれ。病院、病院……」

都市情報検索。

施設検索。

施設電話番号検索『セイント・ウディ病院』。

クリック。

Loading……と表示され、

『ロマンと冒険の惑星【ペイV】へ、ようこそ!』

Loading……。

「病院、病院」

「コープランドさん?」

「うわぁっ!」

コープランドの携帯電話が軽快な声で歓迎のキャッチコピーのままフリーズしている間に、その高慢な少女がコープランドの背中から声をかけてきた。

コープランドの口からは雷のような悲鳴が飛び出した。

彼の手からはじき出された携帯電話が、ころころと転がって少女の足元に落ちた。

少女は黙って足元に落ちた携帯電話を手にした。彼女の視線が携帯電話の画面に映った『セイント・ウディ病院』で止まった。

やがて、セロンは冷たい声で聞いた。

「……これは何だ、コープランドさん?」

「エイイッ! よこせ、この野郎!」

コープランドが大声で叫びながら、少女の手から携帯電話を奪い取った。秘密にしていることがバレた人たちがそうであるよう、コープランドも逆切れして当惑していることをごまかすしか今はない。

「こ、こ、このイカれ女！　今あんたが言っていることは正気か！」

「……何？」

セロンは眉をひそめた。しかし、興奮したコープランドの怒声は止まらない。

「どこで卑しく暮らしていた売春婦なのかはしらんが、突然来行し、『二億GDを出せ』と？　とても正気だとは思えん！」

「……」

「だいたいね！　お金を引き出すと言っているのに、通帳も口座も何もなく！」

「コープランドさん」

コープランドは口を止めた。

冷や汗をかきながら、口をつぐんだ。再び息が詰まってきた。

目の前の少女のせいだった。

少女はにっこり笑っていた。小さな唇は隙間なく重なり、口の端は微かに上がっていた。太陽の光だけがカーテンの間から差し込む暗い廊下で、彼女の笑顔が輝いた。

成人の男一人を完全に怖がらせるほど、十分な殺意が籠った美しい笑顔だった。

「コープランドさん」

もう一度彼女が彼の名前を呼んだ。セロンはゆっくりとコープランドに近づいた。

一歩。

二歩。

三歩。

コープランドの身体がぶるぶる震えた。しかし、蛇の前のネズミのように、硬くなった口と足はまったく動かない。

彼女は彼の前に立ち止まった。ゆっくり、彼の首に向かって手を伸ばした。

コープランドは両目をぎゅっと閉じた。

……感触は、なかった。

コープランドは注意深く目を開けた。少女の手は早くもコープランドから遠ざかっていた。彼女はただ、彼の胸ポケットの中に入っていたペンを取り出しただけだった。

「……考えてみれば、口座を教えることを忘れていましたね」

細くて白い指に握られたペンが紙の上を忙しく動いた。やがてペンのキャップを閉める音がした。

少女は相変わらずその笑顔のまま、コープランドにメモとペンを一緒に差し出した。彼はロボットみたいにギクシャクしながら、それらを受け取った。

「それでは、申し上げた通りに、なるべく早く処理してください」

セロン・レオネは軽く目礼をして、後ろに身体を向けた。少しのためらいもなく、堂々と自分が来た道を歩いて戻った。何の感情の動揺も感じられない、軽快な足取りだった。

ただ、廊下の静けさのせいで、彼女のつぶやきはしっかりと聞こえていた。

「殺してやる……あいつもこいつも全員」

暗い廊下に、再び一人に残されたコープランドは、蒼白な顔で手の中のメモを覗いた。

間もなく、彼の顔はさらに青ざめた。

5　留置所にて

『カウボーイの都市・ペイV』にもいつの間にか夕闇が舞い降りてきた。

灼熱した太陽はすでに姿を消し、闇の中の風の音だけが、なおさら鬱陶しく響いていた。

昼間も静かだったメインストリートは、夜になるとさらに死んだように息を止めていた。砂風のせいなのか、ほとんどの建物が雨戸までしっかり締まっており、明かりが漏れる店は十軒に一つぐらい。

保安官事務所も同じだった。

もともと二十四時間電気を点けて民衆の杖になるべき保安官事務所だが、ここの保安官たちは自分たちの任務について考えがちょっと違うようだった。

先ほどまで大勢いた保安官は、いつの間にかみんな消えていた。

暗い建物の中には、明かりが二つだけ。留置場の天井にかかった白熱灯と、その留置場を監視する当番の机の上だけだった。

その暗闇の中で、今日留置場の唯一の収監者、ビル・クライドは血を吐く思いで泣き叫んだ。

「おい、こいつら！　いっそ俺を殺せよ！」

こう見えても彼は、四十八の銀河全体に名を馳せている賞金稼ぎだった。何度かの死線を乗り越え、彼自身が考えるのに不当な中傷謀略で逮捕されたのも初めてではなかった。拷問に似たようなことも何回か経験した。

しかし、こんなおかしな拷問を受けたことはなかった。

「こ、この野郎！　てめえそれでも保安官なのか！　人として恥ずかしくないのか？」

「クソ！　何やってるんだ！　いったい何をやっているんだよ！　神聖な職場で！」

「やあ、この、まじクソッタレー」

ふらつく両手で窓格子をぎゅっと掴んだまま、クライドは悲鳴をあげた。

「そんなのは外出てホテルに行ってやりなさい！」

「ぷはぁ」

やっとくっついていた二人の唇が離れた。

「もう……あのおじさんは何なの？」

「おじさん……？」

クライドは再び憤りに身を震えた。

どんなに激しく震えていたのか、掴まっている鉄格子まで少し震えているようだった。

実際、女はかなり若く見えた。そしてそれは、その女を膝の上に座らせているクソガキの新米保安官も同じだった。

おそらくその新米保安官は、保安官の中で最も若いという理由で、今日の看守役を無理やり引き受けさせられていたようで、最初はクライドもそんな彼に少々同情していた。

もちろん、他の保安官たちがみんないなくなってから、あのクソ青二才が自分の女をここに呼び入れるまでの話だが。

「お前らがここでくっついていること、他のヤツらは知ってるのか？　おい？」

「あ、もう……あの人本当にうるさいわ」

新米保安官は文句を言う自分の女を膝の上から柔らかく押し出した。

女は不満たらたらに自分の彼氏から降りてきて、代わりに机の上に腰掛けた。新米保安官はそのままクライドの方に椅子を回して、帽子を動かしながら文句を言った。

「おい、ハイエナさん。そんなに嫌だったら後ろ向いて壁でも見てれば？」

「そんなバカげたことを……今ここにいるのはお前らと俺だけなのに、息する音からチューする音まで全部まる聞こえじゃねーのか！」

「じゃあそれでも聞きながら一人でハッピータイムでも楽しんだらどうだ？」

「……てめえ。俺が出るとき本当に殺すぞ」

怒りに満ちたクライドの声に、若い保安官は笑顔で答えた。

「そう？　それでいつ出るつもり？」

「いつもクソもあるか！　あの小娘がお金さえ持って……来たら……」

今にも爆発しそうだった声はだんだん小さくなっていった。

若い保安官は嘲笑していたが、クライドはもうこれ以上怒ることができなかった。怒りが収まったからではなく、怒る気さえ残っていなかったからだ。

外はすでに暗くなり、銀行もすでに閉まっているだろう。

もし、彼の雇い主、名前も知らないその少女が、道に迷わずにちゃんと銀行まで行けたなら、お金を持ってここに来るつもりなら、すでに来たはずだ。

しかしその少女は今だにここに来てはいない。

結論は二つに一つ。少女が彼を騙したか、それとも何かが起きたのか。

「あら、なに？　そのおじさん、女のせいで閉じ込められているの？」

若い女が割り込んだ。

「この人にすっかり入れ込んだある貴族のご令嬢が、二億ＧＤを現金で持ってくるという話。お前、信じるか？」

「ププッ。どうしたの？　おじさん。その話を信じたの？」

女は口を覆って笑った。クライドはもう諦めたように首を横に振り、握っていた鉄格子から手を引いた。

もはや彼には、口喧嘩する気も、状況を考える余裕も残っていなかった。こんな時はやはりお酒が最高だが、今は飲めないから少なくともひと眠りするしかなかった。

「うん。もう俺にもわからん」

彼は手を振り、とぼとぼと歩いて壁の方に向かった。背中を彼らへ向け、横になった。

「お前らは好きにしろ。舐めようが噛もうが俺はもう寝る……」

「あれ、ちょっと待って……二億GD？　もしかしてあの子のことかな？」

その瞬間、半分ほど閉じていた目がパッと開いた。

クライドは再び鉄格子へ飛びかかった。そのせいで驚いた女性が息を飲んだ。

若い保安官が眉をひそめて女の前に立ちはだかった。

「おいおい、ハイエナさん。なんだよ」

「お前！　あんたの彼女、さっきなんて言った？」

「うん……？」

若い保安官の眉が上から下へ動いた。彼はそっと顔を回して、背後の彼女を眺めた。

「今なんか言ったか？」

女は怯えた表情で頷いた。

「え、うん……昼間に、うちの銀行で、うーん……ある女の子が二億GD……持って行ったけど……」

「そいつだ！」

クライドは窓に顔が突き刺さるかのように、前のめりになった。

「おい、お嬢さん。銀行で働いているんだろ？　その女の子はどうなった。おい？　頼む！」

「……」

「頼むよ!!」

新米保安官がさすがに止めに入る。

「このハイエナのことは無視してもいいんだぜ」

「うん……銀行にいきなりメイド服を着た女の子がやってきて、二億GD引き出したいと言って……支店長に会わせくれと……それで……」

「そ、それで？　それでお金は引き出せた？　うん？」

クライドは切羽詰った声で聞いた。

「銀行の支店長がその子と会ってから、いきなり顔が真っ白になって……早く出してやれと……だから私が直接カバンにお金を入れたの。二億GD。カバン一つにしっかりと。その子はそれを貰ってから何も言わずに出て行って……」

よし！

クライドは無言でこぶしを握った。やはり彼の読みには間違いはなかった。

その少女に漂う雰囲気は、決して真似をしたり作り出すことのできない、明らかに貴族家のそのものだった。また、彼女は少なくとも約束を破ったりする性格ではないだろうと。

それほど彼女のプライドは高い。

だから、残りは彼女がここに来ることだけ……。

……なのに。

……なのに？

「おお、まさかと思ったけど、本当だったんだ。ハイエナさん、やるじゃーん？」

若い保安官は驚いた表情でクライドを眺めた。しかしクライドは保安官を見ていなかった。

彼は何が抜けているのを思い浮かべるために唇をじっと噛んで考えていた。

クライドから返事が貰えず、気まずくなった保安官は再び女の方に視線を向けた。

「それで。その次にはどうなった？」

「……その次？」

「ああ、お金を持って出てから。その次は何があった？」

女はしばらく髪の毛をいじりながら悩んだ。しかしすぐ首を横に振った。

「それから女の子は見ていないよ。うん……あ、そうだ。支店長がなんだか今日、一時間早く閉めてみんな退勤しろと」

「あれ？　なんだ、お前今日早く退勤してたのか？」

「うん。それで家に寄ってきたの」

「それだ！」

また大きな怒鳴り声が留置場の中に響いた。

今回は女だけでなく、保安官までもが驚いて後退した。二人が驚いた目で留置場の中を見ると、いつの間にか正気に戻ったクライドが頭を抱えたまま歯ぎしりを立てていた。

「……クソ、通りで。そう。きっとここに一番早く連絡が来たはず。保安官たち、だから急いで帰ったんだな？」

「……なんだ。なんだ。なに？」

若い保安官がびくびくしながら尋ねた。それと同時に、クライドが若い保安官をじっと睨み、口を開いた。

「おい、青臭いお前。ひと儲けする気はあるか？」

「……何？」

「儲ける気があるなら今すぐここを開けろ。今お前の先輩たちは、お前を除け者にして、みんな稼ぎに出たんだよ」

呆然とした二人の男女を前にして、クライドは自分の頭を抱えながら悶絶した。

「『カウボーイの夜』が始まるんだ。このクソガキが！」

6　カウボーイ（二億GD）の夜　パート1

「バーテンダー。バカルディをもう一杯」

カウンターの奥にいる彼は何も言わず、セロン・レオネが差し出した杯を受け取った。彼が黙々とグラスに酒を注いでいる間、セロンは憂鬱な顔で椅子の下に置いたカバンを見下ろした。

二億GDが入ったカバン。

ふう……この義体は酔うことができないのか？

彼女は金が入っているカバンを足でちょんちょんと蹴った。

紙幣で詰まっているせいか、それは微動だにしなかった。

今セロンが座っている場所は、昼間に道を聞くために立ち寄ったパブだった。ここにはバーテンダーとセロンの二人だけだった。

それが、セロンが敢えてこのパブを選んだ理由でもあった。

いくらセロンでも人で混んでいるパブに、この肉体と二億GDが入ったカバンを持って入る勇気はなかった。

幸いバーテンダーは何も言わず、黙々とセロンの注文を受けた。セロンは九杯目のバカルディを飲み込み、苦労した今日一日を振り返った。

まあ、それなりには……順調……だったけど。

なんとかあの騒ぎの中で生き残り、金も無事に受け取った。とにかく彼女は今、二億ＧＤが入っているカバンと、十億近く残っている秘密口座のクレジットカードを手に入れたのだ。

ただ、その過程で気が滅入りそうな屈辱的な目に遭ったけど。

「僕が何でこんな目に……」

セロンはカウンターの上にうつ伏せになった。

予定通りならば、今ごろカバンをビル・クライドに渡して、このクソみたいな星から離れるはずだった。

ところが、保安官事務所を探すために入った有人案内所で、今日はもう他の星への旅行便がないことを知らされた。

結局、重い気持ちで街を彷徨い、入ったのがこのパブだったというわけだ。

真っ暗闇に包まれたメインストリートで光が漏れている唯一のパブ。何よりも客が他にいなかった。

うまくすれば、ここで夜を過ごすこともできそうだ。

明日の朝早く警察署に立ち寄った後、すぐにでも空港に行けば、旅行便の時間を合わせることができるはず。それで、バカルディを注文して飲み始めたが……義体であるせいなのか、酔いは全然なく、代わりに銀行で受けた屈辱的な記憶だけが次々と浮び上がった。

酒じゃなく、その記憶で気持ち悪くなってきた……。

深くため息をつき、グラスを睨んだ。

あのイカれた女とクソのような支店長。自分が本来の身体だったら、地面に伏せて頭も上げられなかったヤツらが……。

ボスコノビッチ博士を見つけるまで、このような屈辱をどれほど受けなきゃいけないのか見当もつかなかった。

その時、低い声がセロンの耳をかすめた。

「お嬢ちゃん」

セロンはそっと顔を上げてバーテンダーを見上げた。

ただ黙々とコップを磨いているだけ。視線もこちらを向いてなく、口も閉ざされたままなのだが、ここで彼女に声をかける人は彼だけだ。

「……あんた喋れたのか」

セロンは嫌みっぽく言葉を投げた。バーテンダーはコップを拭き続けながら言った。

「銀行には無事に行けたようですね」

「おかげさまで。ひどい目に遭ったけど」

わざと愉快な口調で付け加えた後、セロンは再びバカルディを口に含んだ。珍しいことに、バーテンダーは微笑んだ。

「……昼間の彼のことを考えてみると、お嬢さんがひどい目に遭うとは想像もできない」

「ひどい言い方だね」

カランとした音とともにセロンのバカルディがカウンターの上に置かれた。暗い表情でメイドの服を掴み、セロンはつぶやいた。

「こう見えてもか弱い身体のお嬢さんなんだよ。このクソみたいな身体がね……」

「そうか、失礼しました。ここはお嬢ちゃんみたいな人に似合う惑星ではないですね」

「ほんとだよ」

少女はそっと後ろに首を反り、パブの天井を眺めた。古いシャンデリアが目に入った。

「『ロマンと冒険の惑星』……ここに来て見たのは、砂風とネズミ一匹いない繁華街。あるのはごろつきと娼婦がうじゃうじゃいる裏通りくらいだ。一体どんな自信で、冒険やらロマンやらを言うのかが理解できない」

「フム。それ以外にももう一つ見たものがあるはずです。『ロマンと冒険との惑星』という名はそのせいでつけられたもので」

「うん？　あ、そうだな」

セロンは鼻を鳴らして、再び身体を起こした。

「そう、あのふざけたカウボーイもいたな。それがここの名物なのか？」

「ええ」

バーテンダーは頷きながらセロンのグラスを持って行った。

「ここの名物です。この街とカウボーイは切っても切れない関係ですから」

「西部劇の専門撮影地でもあるのか？　バカルディをもう一杯」

「いや、そんなんじゃない。【本物のカウボーイ】です」

グラスにバカルディが注がれた。彼を見つめながら少女は聞いた。

「本物？」

「見ての通り、この惑星は人が住めるくらいの大気環境はありますが、その代わり惑星全体がほとんど赤い砂漠です。都市と言えるところはここだけ。その他には開拓村や浮浪者の隠れ家が惑星全体に散らばっているだけです。だから昔から犯罪者が忍び込むには都合がよかった」

バカルディのグラスが再びセロンに渡された。セロンはすぐに飲まなかった。

「それで？」

「……犯罪者たちがやってくるから、その犯罪者たちの後をついてまわる者たちもこの惑星に来ることになった。昔は私もその中の一人だったし。そして彼らを狙った商人たちもやってきて、その結果この都市ができたのです。だから結局、この都市は彼らのものなんです」

「つまり、彼らというのは、その……」

「本物のカウボーイのもの、という意味です」

バーテンダーは無感覚な声で話しながら振り返った。

「知らなかったですか？　この街で、それは【賞金稼ぎ】を指し示す俗語です」

バーテンダーは再びコップを拭き始めた。

セロンはバカルディが入っているグラスを見下ろした。酒に映っている美しい少女の顔を眺めながら、彼女は必死で考えていた。

衰退した観光地は単なるスラム程度だと思った。歓楽街、静かな通り、どこか変な保安官たち、裏通りの騒ぎ。

なのに、賞金稼ぎたちの街だと……。

セロンは静かに下唇を噛んだ。

落ち着かなければ。

一人はぐれた『アニキラシオン』のボスは、確かに賞金稼ぎにとって好ましい餌のはずだ。しかし今の自分は、ただの哀れな少女に過ぎない。多少目立つ格好をしていて、多少目立つ容貌を持っていて、多少目立つカバンを……。

クソッ。

セロンは手を伸ばしてグラスを握った。口元に持っていき、あっという間に一杯を綺麗に平らげた。

「……金はここに置いとく。ごちそうさま」

バーテンダーは背を向けたまま、軽く手を上げた。しかしセロンは彼に気を使う余裕はなかったように慌ててカバンを手にして街に飛び出した。

いくら賞金稼ぎの都市だと言っても、彼らは自分を『アニキラシオン』のセロン・レオネだということに気付かないだろう。

しかし、だからといって油断はできない。元来、賞金稼ぎという人種は、通りのごろつきとあまり違わない荒っぽいヤツらなのだ。

あからさまに犯罪を犯すことはないと思うが、それでも分からない。

ひとりの少女が銀行に押し入り、二億GDを引き出していったという噂でも聞いたら、不純な心の持ち主がひとりくらい現れても不思議なことではないからだ。

「……」

セロンは固い表情で暗闇の街を見回した。依然として静かで、いまだに一人の人影もいないメインストリート。使い道が分からない、画面が消えた巨大な電光板。

もちろん、遠く離れた裏道では、耳障りな騒音と、空にまで漏れてるネオンサインの光が輝いている。しかしそれは、彼女が裏道に入らない限り、大きな問題ではない。

落ち着こう。

セロンは辛うじて胸を落ち着かせた。

なるべく早くどこかのホテルに入ろう。

よく考えたら、むやみやたらに街を歩き回らなければ、関わりも生まないはずだ。いくらなんでもまさか、ホテルの部屋を一つひとつ調べながら、餌を探そうとする賞金稼ぎはいないだろう。

そうだ。そもそも今の自分に懸賞金がかかっているわけでもない。

セロンは深呼吸をした。

ゆっくり息を吸って、吐いて、カバンを持っている手に力を入れた。

すると、

ウオオオオン――！

突然、サイレンの音が街中にけたたましく響いた。

ウオオオオン――！

ビル・クライドは深刻な顔で道に立ち止まった。

耳をつん裂くようなサイレンの音……。

その瞬間と同時に、メインストリートの真ん中の電光板がパッと音を立てた。

それだけではなかった。街のいたるところにある無人案内板も、パッという音と共に画面を映し出した。

おそらく、彼の今までの経験からすると、裏道の多くのバー、風俗店、ホテル……いや、都市のすべてのスクリーンというスクリーンは、全部同じ画面を映しているだろう。

「はーい、この惑星の皆さま！」

画面の中で、カウボーイ姿の男が帽子を挙げて挨拶した。

「ペイVのすべてのカウボーイの皆さま！」

画面の中で、金髪美女が拳銃を振り回し、Vサインを飛ばした。

「あなたたちを億万長者にしてくれる今日の大物は？　本物のカウボーイのための黄金の疾走！　『ゴールデンロデオ』の時間です！」


「なに……？」


息詰まった表情で、セロンはいきなり灯った目の前の巨大な電光板を眺めた。画面の中の金髪美女が大きな胸を揺らして手を上げた。

「はいはい～！　マクドウェルさん！　今日の金脈はどこかな～？」

「非常にいい質問です、レイラ！　今日の幸運はとても特別なところ、決して遠くないところにありますよ！」

画面の中の男が、急に顔をカメラに近づけた。

「それは～ここ！　『ペイV』です！」

セロンの身体が緊張で固まった。

あまり遠くないところから、たくさんの人々の歓呼の声が聞こえた。

「マジですか!?　マクドウェルさん！　ここですって？」

「そうなんだレイラ！　まさにここ『ペイV』、それもこの街の中です！」

唇が乾いてくるようだった。

「……」

いや、そんなはずはない。

そんなはずがない！

「WOW！　マクドウェルさん。これは驚きです！　すぐ足元に金が落ちていたのですね！」

「そうですよレイラ！　幸運は時々、私たちの足の下で拾ってくれるのを待っています！」

「それなら今回の懸賞金も私たちの『SIS』がかけたお金ですか～？」

「残念。それ違いますよレイラ。今回は、名前を明かすことができない、とある高貴なレベルの人が、わずか数時間前に急いでかけた懸賞金です」

男が大げさな身振りで手を振り回し、金髪の美女が両手を抱えて目を輝かせた。

「あら、気になる～。では、マクドウェルさん。これ以上じらさずに、今日の大魚を公開してください！」

「いいよぉレイラ！　それではいつものように、一緒にピストルを引いてみようかぁ？」

金髪美女と、脂っこい男が互いの背中を向けて立ち上がった。二人は一緒に画面に向かってピストルをかざして、口をそろえて叫んだ。

ひとーつ！

セロンはゆっくりカバンを持ち上げた。

ふたーつ！

懐にカバンを抱え、画面を見つめた。

みっつ！

そして、走った！

後ろも振り返らず。行く所も定めずに。

歯を食いしばって、彼女は走った。

「はい！　今日の大物は！　メイド服の姿をした、正体不明の美少女！」

「懸賞金はなんと二億GD即時払い！　条件は必ず生け捕りにすること！」

「ペイVにいる約二千人の賞金稼ぎの皆さま！　カウボーイの夜、今日の幸運を必ず掴んでくださいね！　以上、『ゴールデンロデオ』でした！」

7　カウボーイ（二億GD）の夜　パート2

まるでメインストリートと裏道があべこべになってしまったようだった。

わずか数十分前まで酒宴していた不穏なヤツらと、彼らを誘惑する売春婦たちでいっぱいだった『ペイV』の裏道は、いつの間にか誰もいなくなっていた。ごろつきたちが急いで蹴とばしていったテーブル、椅子、そして転がる酒のビンや食べ物の皿だけが残っていた。

一方、数十分前まではネズミ一匹も見えなかったメインストリートには、いつの間にか群れをなして歩き回る賞金稼ぎでいっぱいになった。彼らは、それぞれ手慣れた武器を取り出し、殺気たっぷりの眼差しで【獲物】を探しているところだった。

数少ない営業中の店でさえ、サイレンの音が流れた瞬間に店を閉めた。この都市の住民なら、そのサイレンの意味を知らないはずがなかった。

「さすが。コープランドめが言った通りだ。久しぶりの『カウボーイの夜』だ」

一群の武装した保安官の後ろから、リーダーと見られる保安官が満足げに笑っていた。

『ペイV警察署』でビル・クライドを尋問していた彼だった。

胸元には星形の保安官バッジと金属製の小さな名札が輝いていた。

『ペイV警察署所属、首席保安官　カルビン・マックラファーティ』

「カルビン兄貴。しかし本当に大丈夫でしょうか？」

「何がだ？」

賞金稼ぎで混雑した街の風景でも鑑賞しているのか、カルビンは声をかけた保安官を振り返らずに答えた。保安官はしばらくためらった後、口を開いた。

「ビル・クライドをあの若造だけで見張らせてよかったんでしょうか？」

「ははは

カルビンは軽く笑ってしまった。

彼はすぐに返事をする代わりにポケットからタバコを取り出して口にくわえた。ライターを取り出して火をつけた後、ひと口吸って吐いた。

「知るかよ」

「はい……？」

「二億GDだ。小娘一人捕えたら二億GDなんだよ。あいつの罰金？　そんな小銭に構う余裕がどこにあるんだ？」

「しかし万が一でもヤツに逃げられたら、『パンテラ』に言い訳の余地も……」

「勝手にしろと伝えな」

吸い殻が落ちた。彼はそっと足を上げ、吸い殻をそのまま踏みにじった。

「ここはカウボーイの街だ。俺たちは警察だが、またカウボーイでもある。ここでは法の裁きより、カウボーイのルールが先だ。この俺をここに座らせた時点で、ヤツらもそれを知らないとは言えないだろう」

「兄貴……」

「さらに」

カルビンの視線が再び街に向かった。

街を埋めた賞金稼ぎの数は増え続けていた。いやらしいことでもしていたのか服もまともに着てないヤツがいれば、お店からのんびりした顔で出てくるヤツもいた。

数十、いや数百。ひょっとすると千を超える数。

『カウボーイタウン』というニックネームに相応しい、懸賞金狩りの行列だった。

「この都市に登録された賞金稼ぎがおよそ二千人。その中で今日、この街に残っているヤツらだけでも数百人にはなるはずだ。その女が何をしたのかは知らんが、この数の賞金稼ぎを相手にして一時間でも持ちこたえたら、俺たちは終わりだ。その間にクライドが逃げ切れるんだったら……それは仕方ないことだな」

カルビンはゆっくりと他の保安官たちの前に歩いていった。

彼が指で音を立てると、保安官たちの視線が一斉に彼に向けられた。

「さあ、お前ら！　あまり遅くならないうちに、俺たちもひと儲けしに行こうや!!」

カルビン・マックラファーティ。

本来この都市の守護者であるべき、首席保安官の眼が貪欲に光っていた。彼の手には、ピピッと音を発する小型レーダーが握られていた。

「俺たちのアドバンテージをクールに使ってみようぜ」

クソッタレタウンだ。本当に。

都市の保安官まで狩猟に加わった瞬間、彼らの獲物であるセロン・レオネは、ある馬小屋の中で荒い息をしていた。

セロンはよろめきながら、その馬小屋の壁に背をもたれかけた。そして、ゆっくり滑るように座って、目元を包み込んだ。

いったい誰が僕に懸賞金をかけたのか……。

いや、それは分かりきったことか。

セロンは首を揺った。

どうせ、ルチアーノの他に、こんなことをするヤツも、できるヤツもいなかった。だから、今自分が悩むべきことは『誰』ではなく『どこ』からだった。

果たして、どこから自分がここにいるという情報が漏れたのか。

常識的に考えれば、ルチアーノはセロンの行方どころか、生死さえも分からないはずだ。沈没する巨大戦艦から、カッセル・プライム級の小型飛行艇が抜け出すことに気付くのは容易なことではないだろう。さらにその時、その一帯は『SIS艦隊』と『第三艦隊』の衝突で大騒ぎだったではないか。

しかし、ルチアーノはわずか一日で自分の、セロン・レオネの生死を把握した。それだけでなく、正確な位置を確認し、さらに写真まで手に入れた。写真の中の自分もこの笑えないメイド服姿だったから、『ペイV』に到着した後の写真だということになる。

答えの見つからない疑問に意識を持って行かれていると外から声が聞こえてきた。

「メイド姿の女をこの辺りで見ただと？『カウボーイの夜』でそんなことをする娼婦はこの街にはいないはずだ。ということはつまり、その女……」

セロンは自分の口を手で塞ぎ、息を止めた。

そうだ、まずはここから逃げることを優先して今は考えるべきだ。

しかし、この状況から抜け出す方法がどうしても思い浮かばなかった。

ある意味では、『ブラディ・レイブン』で組織員に囲まれたときの方がマシだった。少なくとも、あの時は、彼らが相手をしているのがセロン・レオネだと知っていた分、脅しが通用した。

しかし今、あの外を埋めている賞金稼ぎたちは、自分を単なる弱い小娘としか見てないだろう。いや、もし自分がセロン・レオネだと知ったら、もっと嬉しがるかも知れない。『アニキラシオン』のボスにかかった懸賞金なら二億ＧＤさえも小さな額だと思うくらいだから。

そしてなによりも、今はビル・クライドの助けが期待できなかった。

「思えば、昨日はありえないくらいの幸運だったな」

セロンは身体をさらに縮めた。抱えているカバンのせいで冷気が伝わってきたが構わなかった。

「捕獲時二億ＧＤ即時払いか……それがこの金を言っているのか、それとも追加払いなのかは知らないが……どちらにしてもこれは奪われるんだな。報酬をなくして残念だね。クライド」

むしろお金をもっと上乗せしてでも、クライドとの契約を維持した方が良かったかも知れなかったと、セロンは後悔した。

よりによって賞金稼ぎの巣窟に足を踏み入れなかったら。少なくとも、とんでもない理由であいつが保安官たちに連れて行かれなかったら。

そうしていたら、お金を引き出すのがこんなに遅くなったりはしなかっただろうし、今頃は無事にこの惑星から離れることができたかもしれない。そう考えると、結局すべての問題の発端は、銀行を探すのにあまりにも時間がかかったからだ。銀行で……。銀行……？

「……銀行？」

呆然とした声で、セロンは再び同じ言葉を繰り返した。

いや、既に分かっていたことかもしれない。しかし、無意識のうちに否定してしまったかもしれない。それだけそれは不可能なことだ。しかし、それ以外の可能性も考えにくい。

セロンはカバンを睨んでいた。

細く震える声で、頭の中を過った可能性を振り返る。

「口座を……追跡された？」

不可能だ。

思わず言葉を出すと同時に、セロンはもう一度否定した。

断じて不可能なことだった。レオネ家の秘密を知ることができるその口座は、一日二日で気まぐれに作られたものでなかった。『アニキラシオン』が組織された当時から、セロンの父であるる先代のカルロ・レオネから、徹底的に秘密裏に作られたものだった。

レオネ家以外の人間は、例え『アニキラシオン』の幹部でもその口座の存在さえ知らない。ルチアーノはもちろん、十二艦隊の誰でも同じだった。レオネは、部下の上に君臨し彼らに餌を与えるだけで、決して彼らを信頼していなかったからだ。

そもそも、それ程の確信があるから、この口座に頼ったのだ。

「……そんなはずはない」

セロンは固唾とともに疑惑を飲み込んだ。もう一度考えてみても不可能なことだった。レオネ家の人だけが、その口座を知っている。そして自身、セロン・レオネは生き残った唯一のレオネ家の人間だ。

セロンは首を振りながら、カバンを抱えていた腕から力を抜いた。カバンから彼女の膝の上にお金が散らばった。

その瞬間、彼女の目に何かが入ってきた。

セロンはゆっくりカバンの中へ手を伸ばした。指先に何か小さなもの当たり、彼女はためらうことなくそれを取り出した。

小型発信機が暗闇の中で、赤い光をちらつかせていた……。

「口座を追跡？」

半裸の身体にコートをまとって、ルチアーノが問い返した。レンスキーは頷いた。

「もちろんです、ルチアーノさん。数時間前にレオネ家の秘密口座から金が引き出されたことを確認しました。セロン・レオネ以外は不可能なことです」

「レオネ家の秘密口座か……なるほど。そんなのがあったのか」

ルチアーノはちらっと顔を向け、今自分が出てきた部屋のドアを睨んだ。レンスキーは、それを見なかったフリをして話を続けた。

「とにかく、ルチアーノさんの言葉通り、セロン・レオネは生きていましたね」

ルチアーノは歯をむき出し、生臭く笑った。

「そう。そして今回は逃さない」

「ルチアーノさん」

レンスキーは首を横に振った。

「すでに措置は取っている状態です。あらかじめ、一帯の銀行頭取に頼んでおいたおかげで、口座の使用が確認された後、すぐにCCTVの写真を受け取り、発信機をつけたカバンもターゲットに押しつけました。多額の懸賞金もかけておきましたから、このまま何もしなくてもすぐに捕まるはずです」

「見事だ。レンスキー」

ルチアーノは鼻で笑いながらレンスキーを押しのけた。彼は大股で廊下を歩いて行った。レンスキー・モレッティはしばらくその後ろ姿を見つめて、首を横に振りながら駆け足で彼に追いついた。

「ルチアーノさん……」

「おい、レンスキー。言ったじゃないか。実に素晴らしい罠だと」

ルチアーノは、もっと速く歩き始めた。もはやレンスキーはほとんど走りっぱなしの状態で歩調を合わせていた。ルチアーノはそんなレンスキーに向かって、ヤギのように口を尖らせた。

「さすがに素晴らしい。数十年間、レオネ家の雑務に身を張ってきた見事な執事だ。カルロの旦那もあんたを家族同様に思っていたんだって？」

「……」

「あの忠実なレンスキー・モレッティが、その信頼に牙をむいて自分の息子を裏切るとは……想像もしなかっただろうな」

「ルチアーノさん」

レンスキーが立ち止まった。

前を歩いていたルチアーノも足を止めた。ルチアーノはゆっくり、充血した目を光らせながらレンスキー・モレッティへ向けた。誰でも怖がる光景だったが、レンスキーは少しも気にしなかった。むしろ、彼らしくない、感情がこもった冷たい声で口を開いた。

「言ったように、たとえ『アニキラシオン』のボスでなくても、レオネ家に対する私の好意は、依然として変わりはない」

「……だから？」

「セロン・レオネに関しても、私はあなたに明確に言ったはずです。あなたが彼を連れてきて妾をさせることまでは構わない。しかし万が一でもあなたが彼の命に触れるとしたら……」

「はぁ？」

ルチアーノが歯を見せて笑った。充血した目まで加わり、悪鬼羅刹のような笑いだった。

「バカなこと言うな。いったい女の身体にするためにどれぐらいのお金がかかったと思うのか？　殺す？　壊す？　そんなことをしようとする者がいたら、俺が先にそいつを殺す」

「……」

「それに」

ルチアーノは鼻を鳴らして振り返った。

「まさにそんな事態が起きないように俺が直接行くのではないか。その賞金稼ぎたちがセロン・レオネを触らずに、こちらに渡すという保障がどこにあるんだ？」

レンスキーはしばらく沈黙した。

実のところ彼は悩んでいた。恐らくルチアーノは嘘をついているわけではなかった。彼は貪欲な獣だが、まさにそうだからこそ自分の所有物が、自分の手に入る前に壊れることを決して許さないはずだ。

それに彼が指摘した部分もある意味では正しかった。

よりによって今セロンがいるところは、あの【本物のカウボーイ】の惑星。いつも懸賞金の猟師で賑わっている険悪な場所だった。怪物と対敵する者は必ず怪物と似てくる……いつも犯罪者を追う賞金稼ぎも同様に。

しかし、このままルチアーノを行かせたら、きっと彼の現在の主が喜ぶことはないだろう。

「いいでしょう、ルチアーノさん」

普段通りの丁寧な口調で、しかし断固たる声でレンスキーが言った。

「そこまでおっしゃるのでしたら、私も一緒について行きましょう」

「そうしろ」

ルチアーノは振り返ることもなく答えた。話の中身を察していたかのように。

「その代わりにお前がついてくるならば、一緒に持ってきてもらおう」

「……何をですか?」

「『ホワイトスカル』。ヤツらを一緒に連れてこい」

レンスキーの顔が青くなったが、ルチアーノはそもそも彼を見ていなかった。その狂気たっぷりの笑みすら、すっかり消えていた。

重厚で固い表情で、ボッシ・ルチアーノはつぶやいた。

「ヤツらがセロン・レオネに手を出したなら……『アニキラシオン』のボスの所有物を触った対価が何かを教えなければならないからな」

8　カウボーイ（二億GD）の夜　パート3

発信機を捨てて馬小屋から逃げ出して約二十分。一番先にセロンに追い付いたのは例の保安官たちだった。

「おい、お嬢さん！」

向かいのビルの屋上から、カルビンが愉快な声で叫んだ。

「俺たちに捕まったほうがまだ安心でしょ。優しくしてやるから！」

「ふざけるな！」

セロンは悲鳴のような声を上げながら、狭い路地に飛び込んだ。

発信機はもう使えないはずだが、その役割は十分果たしたようだ。

レーダー探知機で彼らは真っ先にセロンを発見した。そして、その途端に他の賞金稼ぎたちもこの騒動に気付いたのか、一帯に集まり始めた。

タイムアタックは始まっていた。賞金稼ぎたちはすぐさまこの辺りを締め付けてくるはずだ。

支店長の野郎、あの時殺すべきだった！

セロンとしては信じ難いことだった。

その男、『ペイV』銀行の支店長、アダム・コープランド。

恐怖心から何もできない男と見くびっていたが、何と発信機が付いたカバンを渡してきたことで、見事に裏切ってくれたのだ。

問題はそれだけでなかった。発信機がカバンに付いていたということは、すなわち、自分の情報が漏れた場所が銀行であることを意味した。

位置も、写真も、全部銀行での取引が問題だった。

それはつまり……。

「本当に口座を追跡されたのか……」

知らないうちに強く噛んだ唇から、細い血潮が流れた。

少なくともセロンが知る限り、セロン自身こそレオネ家の当主であると同時にレオネ家の唯一の生き残りだった。

一体どこから口座の情報が漏れたのだろうか？

不注意に情報を管理した自分のミスだったのか？

それとも、ヤツらが死んだ者を蘇らせて、拷問でもしたのだろうか？

それともレオネ家ではないのに、その口座について知っている人がいたというのか？

「ここだ！」

その瞬間、路地の反対側から、賞金稼ぎの集団が道を塞いだ。セロンは急いで立ち止まろうとしたが、足が言うことを聞かなかった。　彼女がよろめいている間、賞金稼ぎたちは笑いながら銃を抜いた。

　しかし……。

「このバカ野郎、銃を収めろ！」

「生け捕りだって聞いてないのか⁉」

　雷のような叫び声とともに現われた、もう一つの賞金稼ぎの集団が彼らを蹴飛ばした。

　セロンはその隙に、後ろ向きに逃げ出すことができた。

　こんなことが、もう何回も繰り返されていた。セロンには圧倒的に不利な状況だったが、彼女にもまだ二つの有利な点があった。

　一つ。生け捕りが条件なので殺される確率が低いこと。

　そしてもう一つ。

　パン！

「イエーイ！　当たった！」

　あちらの屋上で狩人一人が叫んだ。セロンは眉をひそめて、肩に刺された注射器を抜いた。

　その姿を見ていた屋上の賞金稼ぎが浮き浮きした声で叫んだ。

「ゾウも倒せる麻酔銃だ！　これ以上は逃げられない……ええ？」

　セロンは彼に向かって嘲笑し、注射器を取って床に投げつけた。

その後、何事もなかったように、再び路地へ走り去った。

賞金稼ぎは、呆然とその背中を見つめていた。

そしてもう一つ、セロン・レオネの身体は疲れることがない。薬物も通用しない。


「うーん」


カルビンはゆっくりと双眼鏡を下ろした。

「どうです？　カルビン兄貴」

「どうも普通の女ではないようだな」

彼は顎ひげを撫でながら答えた。

二億GDの懸賞がかかった時点で、相手が子供だとしても油断してはならないと思っていた。外見だけでターゲットを判断してはいけないということは、経験上身についていた。実際過去には、ただの平凡な老婆だと思っていたターゲットが有名な殺し屋だったこともある。

今回のターゲットが特に怖い相手だとは思わなかったが、それでも変な部分が多かった。

「薬も効かない、体力も強い………その上、これほどの数の賞金稼ぎに追われながらも、全然怖がっていない」

こちらは数百人の老練な懸賞金の狩人だ。

普通の女の子なら、逃げるどころか、ビビって小便でも漏らさなければ幸いな方だったが、とにかくターゲットは今もまだ逃げ続けている。

もちろん、『カウボーイの夜』が始まった以上、この街を抜け出すのは不可能だ。しかし、これだけの狩人が動く時は、時間が長引けばその分予想のできない事態が発生するものだ。

「仕方ない」

カルビンは大きくため息を吐き、隣に立っていた保安官に話しかけた。

「お前たちには申し訳ないけど、取り分が減る方法を使うしかなさそうだ」

彼がさっと身体を回した。まるでターゲットがどうなっても構わないといった態度だったが、実状は少し違った。彼は取り分が減る代わりに、より確実な方法を選んだだけだった。

「言葉が通じ合うヤツらには、全部連絡を入れろ。今すぐ」

彼は冷静な声で付け加えた。

「包囲網を作って、しっかりとウサギを追い込むぞ」

パターンが変わった。

セロンは直感した。

どのくらい走ったのか……一時間は走ったように感じたが、実はその半分かも。

何はともあれ、彼女はいまだに逃げていた。

そしてなかなかうまく逃げていた。

要領よく狭い路地に方向を変え、時には道端の物を倒し、追撃者の進路を妨害したりもした。追撃戦に慣れているはずの懸賞金の狩人に、これほど逃げ続けているだけ奇跡だ。

しかし、もう逃げられない……。

「ここだ！」

右側の路地で誰かが叫ぶ声が聞こえた。セロンは瞬時に方向を変えて左側へ走った。

これで五回目だった。自分は追い詰められている。

途中までは、なんとかなるかもしれないと思っていた。

追撃者たちは、簡単に捕まえると思っていたターゲットがなかなか疲れないこと、それに麻酔銃も効かないことに、少なからず当惑したようだった。お互いぶつかっては右往左往し、セロンの背中に向かって悪口をぶつけたが、それだけだった。

なのに……。

「もう少しだ！」

そう。まさにあれだった。

それまでバラバラに動いていた追撃者らは、十分ほど前から急に連携し始めた。まるで一つのチームにでもなったかのように、お互いに合図をしていた。

誰かが指揮を採ったのだ。

「ほとんど埋め終わった！　見逃すな！」

今回は、しっかりと聞こえてきた。

考えるまでもなかった。やつらは巨大な包囲網を描き、道を一つずつ塞いで、決められたところに自分を追い詰めている。

本当に腹が立つことは、その企てを知っていても抜け出す方法が見えてこないということだった。いくら振り落としていても、追撃者たちは諦めなかった。

逆に、彼らは少しずつ力が湧いてきているようだった。それは、彼らの『ゴール』が近づいていることを意味した。


そして、セロンは足を止めた。

口を閉じて、目を大きく開いたまま、前方を見つめた。

残酷にもセロン・レオネを防いだのは、高い壁だった。助走できるものも見当たらず、例えそういうものがあったとしても、あの壁を乗り越えられるかは疑問だった。

彼女の逃走はここで、

「終わりか……」

誰に向かっているのかわからない言葉を、セロンは震える声でつぶやいた。

すでに追撃者たちの声は聞こえなかった。彼らは勝利を確信し、ゆっくりと獲物の首を絞める準備をしているに違いない。

少女は壁から身体を回した。瞬間めまいがして、ふらついた。

足にも力が入らなかった。

確かにこの状況はおしまいだ。今にも追っ手がやってくるだろう。

実際に追撃者たちが続々と姿を現すのに一分もかからなかった。

彼らの一番前に立っていたのは、やはり首席保安官のカルビン・マックラファーティだった。

「手間をかけさせるね」

カルビンは帽子を軽くかぶり直した。

そんな彼の顔は、余裕が溢れすぎて気だるく見えるくらいだった。セロンはカバンを懐に抱えたまま彼を睨んだ。それに対するカルビンの答えは、微かな笑顔を作ることだけだった。

「なるほど。それがコープランドの言う二億のカバンか。とても大事そうだな」

「お前みたいなカウボーイ風情では、夢でも見られない金額だろ」

セロンは努めて声に力を入れた。

二億ＧＤがあるから、もしかして交渉の余地があるかもしれない。しかし、今回は彼女の相手が悪すぎた。

彼女の相手は、カルビン・マックラファーティ。

『ペイＶ』が生んだ最高のカウボーイの一人であり、この類の会話にはあまりにも慣れすぎた人物であった。

「そうだな。本来ならそうだろうけど、今のお前は捕まるだけだ。虚勢はやめておけ」

彼が顎を動かすと、何人かの保安官がゆっくりとセロンに近づいた。セロンは身体を震わせながら、ゆっくり壁の方に後ずさりした。

その瞬間にも、セロンは必死にここを抜け出す方法を考えていた。金であいつらの仲を分裂させることができるのか。それともクライドにしたように買収を試してみるか。

しかし、どちらも見込みがあるようには思えなかった。分裂や動揺を起こすには、『アニキラシオン』の組織員たちと賞金稼ぎとの間には老練さに違いがありすぎた。買収を試みるにも、先ほど相手が見せた態度からは難しいだろう。

彼らは強かった。

セロンはついに背中に壁が当たるのを感じ、苦笑いした。

昨日は本当に、何年分の運をすべて使ったようだな。

考えてみればそうだった。あまりにも完璧なタイミングで『ＳＩＳ』の艦船が衝突し、とても完璧なタイミングでビル・クライドが現れた。その驚くべき幸運の結果というのが結局、ルチアーノに連れて行かれることを一日だけ延ばしただけだが、それでも昨日のような幸運を期待するのは、あまりにも恥知らずなことかもしれない。
「仕方ない」
セロン・レオネはそっと目を閉じて、カバンを足元に置いた。ゆっくり両手を上げて、顎を引いた。状況がここまでになると、むしろ口元に笑みがこぼれた。
「降伏する……」

その時だった。

パン。

そしてもう一度、銃声が響いた。

セロンは目を開けた。

近寄ってきたカウボーイたちは、足を止めた。
カルビンは顔をしかめ、壁の上を睨んだ。その上にいる者が誰なのか確認した後、ペッと唾を吐いた。

それを見ていたセロンは、ゆっくりと後ろへ下がり、顔を上げて壁の上を見た……。

「もし余計なお世話だったら、どうかお許しください。……お嬢様」

壁の上にギリギリな状態で立ったまま、ビル・クライドはタバコをくわえながら言った。

「しかしこの身は貧乏な懸賞金の狩人。あなた様はこの身のための最後の資金源。二億ＧＤがかかっている状況で、とても知らん振りしてそのまま帰るわけにはいかなかったのです」

「ビル・クライド……」

セロンはぼんやりと彼の名前を呼んだ。

「……ビル・クライド」

カルビンも、長いため息をつきながらこう呼んだ。

クライドはどちらにも答えなかった。彼はただ静かにピストルを振りながら言った。

「残念だけど、そのお嬢様は俺が先に目をつけていたんでね」

ピストルの音とともに銃口が動いた。

ビル・クライドはその場で宣言した。

「お嬢様を、もらっていくよ!!」

9　カウボーイ（二億GD）の夜　パート4

「それはダメだ」

クライドの気勢が薄れるくらい、カルビンは冷静だった。

彼が手振りをすると、保安官たちが一斉にリボルバーを抜いてクライドに照準を向けた。

クライドの突然の登場にも関わらず、彼らの誰一人として動揺する者はいなかった。逆に笑いがこぼれていた。

ただ、冷静なカルビンも実際には表情は強張っていた。彼は自分のリボルバーに銃弾が収まっているかを確認しながら早口で聞いた。

「どうやって抜け出した？　あの若造は死んだのか？」

「いや。うまく口説いて、鍵だけ奪ってから、気絶させて留置場に入れてやった」

素直に答えるように見せかけながら、クライドは素早く保安官の数を数えた。
五、七、八、十、十二。
それにカルビン。そして間もなく他からも保安官が到着するだろう。

どう計算しても危うい状況だった。

クライドは、内心では不安が勝っていたが、ひとまず冷静を装った。カルビンの鋭い目を避けるため、彼はでまかせにしゃべりまくる方法を選んだ。

「ちなみに、あのクソガキの彼女も一緒に留置場に入れておいた。お前ら知っていたか？　そいつ、宿直のたびに保安官事務所に彼女を呼び込んでいたようだぜ」

「そうか？　ふたりでロデオでもしたってか？」

カルビンは鈍い声で言い返し、弾丸の装填を終えた。

クライドは首の後ろに流れる冷や汗を感じながら笑った。

「おい、猥雑なことを言うな。お嬢様が聞いていらっしゃる」

「あ……そう。お嬢さん。そのお嬢さんの事だが……」

そこでカルビンは突然、セロンに目を向けた。セロンはクライドの出現で頭の中がいまだ整理されていなかったが、カルビンのその視線には敏感に反応した。

しかし、カルビンがセロンを見たのはほんのわずか……少しだけ意味深な目で眺めた後、クライドの方へ再び顔を向けた。

「ビル・クライド。ひとつ聞こう」

「投降する気はないのかと？　答えはノーだ」

「いや。そうじゃない……お前とこのお嬢さんも、ロデオを楽しむ仲なのか？」

カルビンはあまりに何気ない口調で質問をした。そのせいでクライドも瞬間的に言い返す言葉を失い、口元を震わせた。一方、セロンは、カルビンの質問の意味を把握するのに、そして次には自分の解釈が正しいのかをもう一度確認するのに忙しかった。

その間、しばらく静寂が流れた。

そして、その静寂は、たちまちセロンの顔がストーブのように真っ赤になって破られた。

「この変態野郎が！　何をふざけたことを！」

「お、お嬢様！」

セロンの鋭い叫びとクライドの哀しい叫びが虚空で重なった。セロンの叫び声がどれだけ鋭かったのか、鉄のような表情の保安官たちも眉をひそめ耳を塞いだ。

自分も知らないうちに、反射的に手に届くものを投げようとでもしたのか、セロンは二億GDが入ったカバンを高く持ち上げたまま、ぶるぶると震えていた。

カルビンは大笑いしながら話を続けた。

「『ハイエナ』のくせに危険を冒してまでここに来ているから、てっきりそんな仲かと思ったが、どうやら違うようだな」

「このクソカウボーイ種馬野郎が！」

セロンはカバンを下ろして歯ぎしりをして罵った。

「お前たちは、いつも頭の中に押しこんでいるのがそんなことだから、無礼という単語が何なのかも分からないんだろう。でも、もし僕がこんな状態じゃなかったら、もうお前らの額に風穴を何発も開けていたはずだ」

「おい、お嬢さん」

「また何だ、このー！」

「熱くなるところを間違えている。『お嬢さんが自分にすっかりハマって、二億ＧＤを捧げてくれる』と説明したのはクライドの方だ。むしろ俺はそれを疑ってもう一度尋ねただけだ」

セロンの殺意がこもった視線がクライドに向けられた。クライドはそのメドゥーサのような目を避け、口笛を吹いた。

「とにかく、それで、ビル・クライド。そのお嬢さんとそんな関係でないのなら……」

突然カルビンが手を上げた。

セロンとクライドも表情を固めて、カルビンの手先を見つめた。その手がそのまま虚空に跳ね上がったら、それは射撃を意味する合図だった。

十二人の保安官たちの拳銃からは、それぞれ弾を装填する音がした。

しかし、カルビンの手は上がらなかった。彼の手は口の高さくらいで止まっていた。そして、その手をそのまま胸ポケットに入れ、真っ黒なサングラスを取り出した。

夜に何でサングラスを？

セロンとクライドは不審な目でカルビンを眺めた。しかし、彼はものともせず、ゆっくりとサングラスをかけた。微かな月の光がそれに映って輝いた。

カルビンが口を開いた。

「交渉をしよう」

「……いったい何を企んでいる？」

クライドの表情が険しくゆがんだ。素早くカルビンへ銃口を向けようとする彼を、セロンが手を上げて阻んだ。

「お嬢様。こいつらは懸賞金の狩人です。同類は同類の人間が一番よく知っています。こやつらが交渉ごとを口にする時は、百パーセント何かを企んでいるのに間違いありません」

「それくらいは僕も知っているよ。ビル・クライド」

セロンが冷たく言い返した。

彼女はクライドの突然の出現による驚き、衝撃、そして少しの感動からやっと落ち着いた状態だった。

もちろんクライドは優れた実力を持った拳銃使いだ。

それは自分の目で確かめた。

しかしここには、すでに十人を超える賞金稼ぎがいて、もうしばらくして彼らは、数十、数百と増加するはずだった。結局、状況はさっきと何も変わってはいない。

ということは……。

ここでは交渉が正解だ。少なくともセロン・レオネ自身が、より利益のある方を選ぶべきだというのが、彼女の判断だった。

「お前の……いや」

セロンはしばらくためらったが、それでも今まで助けてもらってきたことを思えば、最小限の礼儀を彼に見せることが大切だと思った。

「『あなた』の腕を信じてないわけではない。とりあえず話は聞いてみよう」

「……ちっ。後悔しますよ」

クライドは不満な表情のまま銃を収めた。

セロンが頷くと、カルビンも同じく首を縦に振り、保安官たちに向かって手を差し伸べた。しかし不満を抱いたのは、保安官たちもクライドと同じだった。

「カルビン兄貴。あえて……」

「俺の言う通りにしろ」

サングラスの下、細い目をしているカルビンは、引き続きクライドを睨んでいた。

「お前らはあの『ハイエナ』がどれほど厄介な男なのかわからないのだろう。お前らがまだ俺をボスだと思うのなら、ここでは俺の言うことに従え」

保安官たちはしばらく自分たちでお互いの顔を見つめ、その後にあちこちでため息とともに銃口を地面に向けた。その時になって、カルビンはセロンに目を向けた。少女は腕を組んだまままそっけない顔で彼を睨んでいた。

「よし、お嬢さん。悪いけど、この交渉はお嬢さんより、そちらのビル・クライドを相手にしたいのだが。大丈夫か？」

「……理由は？」

「お嬢さんはカウボーイ、いや。懸賞金の狩人たちの計算法に慣れていないからだ。それともお嬢さんにとってビル・クライドはそんなに頼りない存在なのか？」

セロンはちらっとクライドを眺めた。どう見ても、ここでいたずらに意地を張って、クライドに不信を植えつける必要はなかった。どうせ彼は今、自分の雇用人なのだ。

彼女はカルビンに頷いた。

「わかった」

「ＯＫ！　お嬢さんの寛大さに感謝しよう。……では、交渉を始めようか、ビル・クライド」

カルビンはパンっと手を叩いた。

ただ、気さくな態度に変わった彼に比べ、カルビンに向けたクライドの視線には相変わらず不信と不満が込められていた。

「早く言え。俺は同業者と長く話をするのはあまり好きじゃなくてね」

「もちろん。俺も話を伸ばすのは好きではない。俺の話は簡単だ、ビル・クライド。そのお嬢さんから二億ＧＤを受け取ることになっていたな？」

クライドは眉をひそめた。

「それで？」

「そして、そのお嬢さんが持っているカバンに二億ＧＤが入っていて……」

カルビンの指がセロンのカバンに向かった。同時に、セロンの眉が一瞬ぐらついた。

まさか、このやろう。

「……そうか」

クライドが先に少し緩んだ表情で頷いた。カルビンはもう一度、手を合わせて叫んだ。

「なら、解決策は簡単すぎる！」

「おい、ビル・クライド……！」

セロンは素早く声を上げて、話を遮ろうとした。しかし、カルビンはさらに声を荒げた。

「君はあのカバンを受け取り、約束の二億ＧＤを貰え！　そして俺たちにそのお嬢さんを引き渡せ。それでこの状況を整理できれば、君の罰金までサービスで消してやる。どうだ？」

セロンの顔が真っ白になった。

彼女はまるで油が切れた機械のようにギクシャクしながら、後ろのクライドを振り返った。

「なるほど……ね」

クライドは、いたって真剣に、そしていたって興味津々な表情で顎を撫でていた。

10 『ハイエナ』ビル・クライド

「ビル……クライド……？」

クライドはその少女との最初の出会いを思い出していた。

ナイスバディーの美女と思っていた女性は、近くで見たらぺったんこの胸を持つ子供で、さらに助けてくれた恩を彼の後頭部を殴ることで返してくれた。

彼はまた、少女が自分に契約を提示したときを思い出した。

少女は生意気な言い方で、彼にぞんざいな言葉を投げかけた。

しかし、二億や四億ＧＤという金の力の前で、彼は涙を飲んでひざまずくしかなかった。

彼はまた、少女を連れて艦船から抜け出した後のことを思い出した。

少女は彼の自宅のソファーで寝転がりながら、床に伏せて哀願する自分を冷たい目で見下ろした。幸いにも彼は少女の足を舐める勢いで飛びつき、かろうじて彼女の情けを得ることができたのだが。

最後に、彼はこの惑星に着陸したばかりの出来事を思い出した。

多くのカウボーイが突然自分に飛びかかってきたとき、自分は少女に向かって助けを求めた。

そしてそれに対する少女の反応は……。

目も逸らさずに、悠々とその場を離れることだった。

やがてクライドは、虫を見るような目で少女を見下ろした。

「……」

「おい、ビル・クライド！」

「おい、だと……？」

「いや、とにかく、その……」

顔を赤く染め、慌てて言い直す言葉を考えているセロンに比べて、クライドの顔色はもうグレイに近い色に変わっていた。

昨日と今日の屈辱を思い出したせいなのか、彼の顔は誰が見ても、軽蔑、冷淡、ざまーみろの三つの感情が絶妙に表現されていた。セロンも、他の保安官たちも、そしてカルビンさえもその表情に気付いていた。

「どうする？」

カルビンは両腕を広げて、確信に満ちた声で聞いた。

「様子を見た限りでは、二人の間で何かしらの契約があったようだが、そのお嬢さんが金を持ってきたということは、すでにその契約も終わったということだろう。それにこの状況、いくら『ハイエナ』だとしても、すぐに押し寄せる『ペイV』のカウボーイ全員を相手にすることは無理だ。道徳的に見ても、合理性を計算してみても、さらには、カウボーイの戒律で見ても違反することは何もない！」

クソが。

セロンは惨めな気分に襲われた。

あのカウボーイの言葉には、何一つ間違っている部分がなかった。自分がクライドにした約束は、この惑星に連れてきてくれたら二億ＧＤを渡すということ、だけ。そしてクライドは約束を果たした。後はセロンがその二億ＧＤを渡せば終わりだ。

すなわち、この場でクライドがあのカウボーイの言葉に従ったとしても、自分にはその選択を非難する資格すらないという意味だった。

少しの沈黙の末に、固まった顔のセロンは、歯を食いしばって吐き出した。

「……消え失せろ」

「ああん？」

クライドは凶悪な目でセロンを見下ろした。しかしセロンはクライドの方に顔を向けなかった。その代わり、足を使ってカバンを蹴って壁の方に押し込んだ。

「あいつの言う通り、カバンにはお前の分の二億ＧＤが入っている。もう顔も見たくないから、そいつ持って早く消えろ」

それがセロンにできる、唯一の選択だった。

数百人の賞金稼ぎを相手に戦うか、それとも二億GDを持って静かにこの場を去るか。

よほどの間抜け野郎でもない限り、誰でも後者を選ぶはずだ。

もちろん、前者を選択する人もいるかもしれない。中途半端な正義感、英雄心、または同情心に振り回された本物のバカならば。

しかし、この二日間セロンが見てきたビル・クライドは、間抜けな英雄志望生には見えなかった。また、セロンはレオネ家の最後の生き残りとして、誰かの情けを求めるような無様な行為を死んでも行う気がなかった。むしろ、ここでは従順に負けを認めて、綺麗にすべてのことを諦めた方が、セロンの自尊心を守る道なのだ。

「……どこの家柄なのかは知らんが、貴族のお嬢様っていうのは間違っていないようだな」

カルビンは多少驚きつつ、自分の帽子を下ろしながら言った。

「その自尊心に敬意を表するよ。おかげさまでこの状況も簡単に解決できそうだし」

「てめえのためじゃねーよ」

セロンはぶっきらぼうに答えた。

しかし、その言い方とは違って、今度こそセロンは全てのことを観念した状態だった。彼女は口元に苦笑いをしたまま頷いた。

「今、僕の懸賞金を支払うヤツらが誰なのか君たちが知ってしまったら……おそらく、そのときは自分の頭を銃で撃ち抜きたくなるだろうよ。ま、どうかそうなることを祈ろう」

その言葉を最後に、セロンはゆっくり両手を前に差し出した。カルビンが頭を動かすと、保安官たちの一人が手錠を持って彼女に近づいた。

セロンは静かに目を閉じた。

今さらたいした感想はなかった。ただ、空虚な言葉が頭の中で繰り返された。

たかが一日、逃げられただけなのか。

その時だった。

「待て！」

彼女の後ろから、クライドの声が聞こえた。

その声を聞こえた瞬間、セロンは思わず足を止めた。カルビンの額にはシワができた。セロンは驚いた表情でクライドを振り返った。

カルビンは、なるべく穏やかな表情を保ったまま、低い声で問い返した。

「なんだ、ビル・クライド？」

「このまま二億ＧＤだけ頂いただくのも悪いから、お前たちに役立つことを一つ教えてやろう」

クライドは言葉が終わってすぐ、壁から飛び降りた。

セロンの身長の三倍に匹敵する壁だったにも関わらず、クライドは軽く着地した。

彼はそのまま軽やかに歩いてきて、セロンの肩に手を置いた。同時に片方の手では自分のコートのポケットを掻き回し、しわくちゃに丸まっていた白い紙を抜き取った。

セロンは呆然とした表情でクライドの顔を見上げた。クライドは、そんなセロンに視線を向ける代わりに、まっすぐカウボーイたちを見ながら言い出した。

「このお嬢様はね。俺が今まで見てきたすべての女の中で最も性格が悪いんだよ」

……しばらくの間、彼らの中に静寂が流れた。

やがて、カルビンが口を開いた。

「それはどういう意味だ」


「それはどういう意味ですか！」


『銀河銀行』の『ペイV』支店長、アダム・コープランドの顔にはすでに血の気が残っていなかった。

「お願いされた、いや、言われるままに全部やったでしょう！　すでに懸賞金の狩人たちが『カウボーイの夜』を繰り広げています。もうその小娘が捕まるのは時間の問題なんですよ！」

彼としては悔しさ極まりないことだった。

コープランドの言う通り、彼はその顧客が注文した依頼をすべてやり遂げた。

彼の顧客は、恐ろしいくらい大金が入っているある口座番号を教え、その口座から誰かが金を引き出そうとする時に銀行が取るべき一連の措置を頼んでいた。

とても丁寧な言い方で「口座の暗証番号が盗まれたようだ」と伝え、もし誰かがその口座から金を引き出そうとしたら、発信器を取り付けたカバンを渡して、引き出した人の写真を送るよう、何度も指示した。

最初はたいしたことではないと思っていた。

その客は『パンテラ』恒星界の銀行頭取全員に同じメッセージを送った」と言っていたし、コープランドとしては、頭のおかしいヤツではない限り、まさかこの賞金稼ぎの惑星に金を盗みに来ることはないと考えていた。

しかし残念ながら、コープランドがその通話を終えると同時に、その少女が現れた。

「ミスター・コープランド」

受話器の向こうの声は乾燥して落ち着いていた。間違いなく機械を通して変調した声で彼の顧客は話を続けた。

「私はあなたを責めているわけではありません。あなたは私が頼んだ通りに、完璧に仕事を処理してくださいました」

「でしたら一体なぜ……！」

「……ふう。正直に申し上げましょう」

コープランドは乾いた唾を飲み込み、顧客の次の言葉を待っていた。

相手はしばらく間をおいた後、とてもゆっくり話した。

「……今から起きることは、私の統制が効かない状況です」

クライドの話に誰よりも早く反応したのはセロンだった。

「ビル・クライド、てめえ……！」

ここまで来て、また私に侮辱を与えるつもりなのか。

怒りに震えながら彼を振り払おうとしたが、クライドは彼女の顔に白い紙切れを押しつけた。

「なんだこれは！」

「俺たちの契約書だ、お嬢様」

クライドはセロンを見ることなく答えた。

「お嬢様にはよく分からないことだろうが、賞金稼ぎという輩は契約書にサインをしてもらわない限り、その契約は終わってないと考える。だからお嬢様には、ここにサインをしてもらわなければならない」

「このクソ野郎……。今、僕とふざけたいのか？」

「いや」

そこでやっとクライドはセロンの方に目を向けた。

セロンは息が止まった。

今まで経験しなかった冷たい殺気……。

彼女には選択肢がなかった。

「よし」

クライドは何回か咳払いした後、楽しそうな声で叫んだ。

「今見たように、このお嬢はとんでもない悪者だ。名門家のご令嬢だからって、その目線は雲の上よりも高いし、口癖はカウボーイなんかは相手にならないほど汚い。おい、そこのおまえ！　ちゃんと聞けよ！　俺は今、この悪いお嬢さんを護送することになるお前の可哀想な将来のために助言をしてあげてんだぜ」

クライドに指されたカウボーイは、唇をひくひくさせながら自分の仲間の顔を見た。その仲間は肩をすくめながら、また別のカウボーイにどうするのかというような視線を送り、その視線を受けたカウボーイも他の同僚に同じような視線を送っていた。

結局クライドが少女の悪口を長々と並べている間に、すべてのカウボーイたちはぼんやりとカルビンに顔を向けるしかなかった。

カルビンは、彼らが待っている「命令」を下さなかった。だからといってクライドのくだらない悪口に耳を傾けることもしなかった。

カルビンは、最初からずっとセロンの顔だけを見つめていた。

「信じられるか？　この娘は爆発の中から逃げ出す時も、自分のことだけを考えていたんだ！

俺の命が危ないのはこれっぽちも構わずに……！」


こいつ何を狙っている？

カルビンは確信した。

彼が知っているビル・クライドは、そういう男だった。

どんな状況からでも、安全なフルハウスより、その先のストレートフラッシュを狙う男だ。

そうでありながら、決してポーカーフェースに気付かれない、彼が知っている誰よりも危険な【ジョーカー】だ。

おそらくクライドの顔を見ただけでは、彼の考えを読み取ることはできない。しかし、今回は彼の戯れに弄ばれることになる「人質」がこの場にいた。

だからカルビンは、最初からその少女の顔だけを見つめていたのだ。

彼女は歯を食いしばって肩を落としたまま、あの『契約書』を手にしていた。とても悲しそうな顔で、その内容を読み続けていた。

そして、動きが止まった。

彼女は呆然とした表情で、クライドの顔を睨みつけた。

「クズ、ナマゴミ、アスファルト並のぺったんこ……」

クライドは彼女には一切顔を向けずに、相変わらず彼女の悪口ばかりしゃべっていた。

彼女は契約書に再び目を向け、また最初から読み始めた。一回、二回、三回……。

やっぱり、何かがある……。

カルビンは銃の引き金を引こうとした。これ以上ためらう理由がなかった。何かが起きる前に、せめてビル・クライドでも処理しておくべきであった。

しかしその時、少女が怒りに満ちた、まるで悲鳴のような叫び声を上げた。


「ビイイイルクライドオオオオオオオオ！！」


あまりの突然の叫び声に、カルビンは銃を手にしたまま固まってしまった。他のカウボーイたちも驚いて少女に顔を向けた。

少女は真っ赤な顔でクライドを睨みながら荒い息を吐き出し、一方、クライドはそんな彼女にゆっくり顔を回し、歯をさらけ出しながらニッコリと笑った。

「どうするつもりでしょうか？　あーん？　お嬢様？」

少女はもう、その場の全員に聞こえるレベルの歯ぎしりを立てていた。

「こ、こ、こ、このクソ野郎が……！」

「うんうん。それはとても馴染みのある呼び名だね。それで？　どうするつもりでしょうか、お嬢様？　うん？」

「う、うるさい！　ペンをよこせ！」

再びその少女は叫んでいた。

クライドは素早くポケットからペンを取り出し彼女に渡した。それを受け取った彼女は目を強く閉じてペンを動かした。

クライドは彼女の手から紙を受け取り、満足した表情で頷いた。

「なるほど、ふむ。『セイリン』？　お美しい名前です。お嬢様」

「セイリンではない……いや、いい」

少女は頭を抱え込んだまま、その場に座り込んだ。それに比べてクライドはとても意気揚々とした表情で、鼻歌まで口ずさみながら、契約書とペンを胸のポケットに入れた。

カルビンが後になって銃を向けたはその時だった。

「ビル・クライド！　今はその娘と争っている場合ではないはずだ！」

クソ、小娘のせいでタイミングを逃した。

油断していた自分を責めながら、カルビンはクライドに照準を合わせた。

その後すべてのカウボーイたちが彼に続いてクライドに銃口に向けた。弾はすでに装填されている。ただ引き金を引くだけで弾丸は飛んで行き、クライドを貫くはずだ。

そのはずだった……。

彼が少女を盾にしていなかったら。

無理やり押されたように銃口の前に立たされた少女……。

「この野郎、殺すぞ！　この場さえ抜けだしたら、コンクリートに埋めて沈めてやるから！」

「あ、そういえばさっきの話の結論を出さなかったな」

少女の背中から、クライドが微笑んでいた。

「今の言葉からもわかるはずだけど、確かにこのお嬢ちゃんは最悪だ。途方もなく悪いヤツだ。しかし、たった一つだけ取り柄がある」

「……ほお、それは何だ、ビル・クライド」

他のカウボーイたちがどうにもできずに銃だけを構えている間、カルビンだけは余裕を持って笑いながらクライドの言葉に相槌を打った。

もちろん本当に余裕があるからではなかった。その瞬間にもカルビンは、必死で少女の向こうのクライドに照準を合わせていた。

彼は『ペイV』最高のカウボーイで『ペイV』最高の射手だった。

彼には少女の向こう、クライドだけを正確に撃ち抜く自信があった。

もう少しだけ、時間を稼げたら。

もう少しだけ、この騒ぎの中から震えを止めることができたら！

「さあ。過程はどうであれ、このお嬢ちゃんは今こうやって二億GDを持ってきただろう？」

クライドが笑いながら言った。カルビンも同じく笑いながら答えた。

「なるほど。せめて約束を守ることはできるお嬢さんってことか？」

「いやぁ」

クライドは首を横に振った。

「このお嬢様の唯一の長所、それは」

隙ができた！

カルビンは目を剥いて、指先に力を入れた。

引き金を引こうとしたその瞬間。

クライドはポケットから何かを取り出して床に投げつけた。

「とんでもないレベルの金持ちだということだ！」

そして鼓膜がちぎれるような轟音とともに、激しい閃光がみんなの視界を覆った。

ビル・クライド、ただ彼だけを除いて……。

11 『アーマード』ルチアーノ

閃光の中で数多くのうめき声と罵声が沸き起こった。大半はカウボーイたちの下品な声だったが、たった一人、少女の高い声も混じっていた。

「ビル・クライド！」

「不満は後で聞きますから、とりあえず走りましょう、お嬢様！」

クライドは少女の手首を握って走った。いや、走ろうとした。少女は必死に首を振りながら、クライドを自分の方へ引っ張った。四方から湧き出るうめき声の中で、どうしても自分の言葉を伝えるために声を荒げた。

「ビル・クライド！」

「いいから！　お嬢様！　後で説明するから……」

「このボケが！　あいつはサングラスをかけているんだ！」

セロンの叫び声が響いた。遅かったが、クライドはカルビンの方に振り向いた。サングラスの向こうから、ヤツの目つきが鋭く光っていた。

しまった!!

彼は息を止め、地面に伏せた。

タン、タン、タン！

ぎりぎり、クライドはカルビンの弾丸から逃れることができたが、セロンと一緒に地面を転がっていた。セロンは悲鳴を上げたが、クライドには悲鳴を上げる余裕すらなかった。

クライドは急いで身体を起こし、同時に銃を抜いた。結局全員が倒れた中で、半ば身体を起こしたクライドと険しい顔をしたカルビンだけが、互いを銃で狙っていた。

沈黙の中で先に口を開いたのはクライドだった。

「……予想してサングラスをかけたのか」

「そうだ。その手は『エルカン』で見たからな」

カルビンの声に感情はなかった。クライドは困った顔で、フムと唸りながら後頭部を掻いた。

「マジか。『エルカン』にいたのか？　お前、軍人出身なのか？」

「軍人じゃないが、それ以上は言いたくないな。それより、今すぐ銃を捨てて投降しろ」

「……」

クライドはにやりと笑って横に手を伸ばした。地面にぶつかった額をさすりながら気落ちしていたセロンを彼は力強く自分の方へ引き寄せた。そのせいで驚いたセロンがキャっと悲鳴を上げたが、彼は全く気にしなかった。片方の腕は少女を抱いて、もう片手ではカルバンを狙ったまま、クライドはカルバンに説明を続けた。

「俺様は今二十億GDのビジネス中なんだ。お前こそ家に帰ってトゥナイトショーでも観賞したらどうだ？」

「………二十億GD？」

「そう、二十億………いてててててっ！」

カルバンは驚いた眼差しで、今ちょうどクライドの腕に強烈な歯の跡を残してその懐から飛び出した少女を見つめていた。

クライドが泣き顔になって自分の腕を見ている間、少女は二億GDが入っているカバンを拾い、さらに怒りに任せてクライドに足蹴りまでもをお見舞いしていた。

「この野郎！　二十億だと？　そのお金なら村を一つ買うよ！　分かってんのか？　お前こうなると知っててわざとやったのか!?　おい！」

クライドはいまだに歯の跡が生々しく残った腕を振り回し、必死で彼女の足蹴りを防いだ。そうしながら口喧嘩では負けまいと、セロンに向かって言葉をぶつけた。

「いやぁ、お、お嬢様！　今あいつのことが見えませんか？　銃を向けてるんですよ！　銃！」

「黙れ！　僕はヤツらに捕まって二十億GDを惜しむつもりだ！　で、お前はくたばれ！」

「契約書は一度書いたら決まりでしょう！　俺が死んだらその金、そのまま俺の墓に入れてくださいよ！」

「このクソやろうが本当に……！」

なるほど。

カルビンは失笑とともに頷いた。もうその紙の正体がわかったのだ。

「契約書は契約書だけど……二十億ＧＤの【再】契約書だったということか」

「そう！　あんた、信じられるか？　こいつさっきの状況で二十億ＧＤの再契約書を突きつけやがったんだ！」

興奮しすぎたセロンは、思いっきり首の血管を立てながらカルビンに問いた。

彼女はちょうど金の入ったカバンでクライドの頭を殴ろうとしていたところだった。

「残念だが、そいつは元々そういうヤツだぜ。しかし、今はそいつを頼る他にお嬢さんが助かる道は見当たらないけどな」

「何……？」

その話を聞いてようやく、セロンの目にも周辺の状況が見えてきた。微かな笑みを浮かべているカルビンの背後に、首を振りながら身体を起こすカウボーイたち。彼らはまぶたを思いっきり動かしながら、なんとか視界を取り戻そうとしていた。そして間もなくそれは回復されるだろう。

セロンは持ち上げたカバンをゆっくり下ろした。クライドも立ち上がった。

「とにかくお嬢様。二十億が大切ですか、それともお嬢様の命……いあ、まあ、ただ捕まるだけだから命までは取らないかもしれない。それでも二十億が大切ですか、お嬢様の処女が大切ですか？」

「ボケが。お願いだから、その口をちょっと」

「あれ？　もしかして経験済み、でしたか？」

「……黙れと言った」

セロンは相変らず口ではクライドに罵声を浴びせていたが、だからといってこの状況でクライドと喧嘩をするほど愚かではなかった。彼女は徐々に足を運び、クライドの後ろに身を隠した。クライドは再び深く息を吐き出し、銃を持ち上げた。

カルビンが首を横に振った。

「諦めろ。さすがにお前たちは時間切れだ」

「そんな水臭いこと言うなよ。カルビン」

クライドはあえて笑って返した。しかし、クライドもカルビンと同じことを考えていたところだった。

ここが平凡な裏通りだったら、そして相手がここのカウボーイたちだけだったら、それでもまだ希望はあったはずだ。しかし、ここは賞金稼ぎの惑星で、彼らの他にも数百人を軽く超える賞金稼ぎの群れが相手なのだ。

状況はますます厳しくなっていく……。

クライドは背後の少女を細目でちらっと見た。この少女を連れて、最悪の場合には抱えて走ると仮定して、なんとかここから抜け出して空港まで行くのは可能だろうか。

さらに空港に到着したとしても、そこから制止されずにこの惑星から無事離れることはできるだろうか。

「……不可能だ。ビル・クライド」

その答えを代わりに出してくれたのは、カルビン・マックラファーティだった。クライドはくるりと向きを変えてカルビンを見つめた。

「すでに空港からここに至るまで、数百人の賞金稼ぎが包囲網を組んでいる。いくらお前でも、荷物まで連れて抜け出すことは不可能だろう」

「……だから？」

「まあ、諦めないのはお前の自由だが」

カルビンは冷たく笑い、クライドをからかった。

「もしかしたら、あの昔『エルカン』でそうだったように、こんな状況から逃れる奇跡が起こるかもしれな……」

カルビンの言葉は最後まで繋がらなかった。なぜなら、その場の誰も予想できなかったことが彼の話を遮ったのだから。

ドッカァーーーーーン！

彼らの背後から押し寄せてきた巨大な爆発音と、激しい震動がその場の人々を押しのけた。カルビンも、クライドも、セロンも、今ちょうど立ち上がろうとしたカウボーイたちも四方八方へ飛び散った。中でも特に遠くまで飛んで行ったのはカルバンだった。彼がもがきながら地面に叩きつけられる直前、その目に見えたのは……。

そう遠くない都心から噴き上がった、巨大な火柱だった。


「そ、そんな言葉で責任から逃げようとするなんて！」


コープランドは床に崩れるように座り込んでしまった。彼は先ほど、外から聞こえてきた爆発音の正体を理解していた。

それは災いを意味した。この都市全体を火の海にさせてしまうかもわからない、とてつもない災難。

「こちらとしても大変残念だと思っています。今後被害状況を教えていただいたら、金銭的な補償は十分に……」

「そんな問題ではないんですよ！」

彼は凄まじい声で泣き叫んだ。

「ここは賞金稼ぎの惑星です！　あなたのその依頼のせいで、いま何百人もの懸賞金の狩人が街を闊歩しているんですよ！　ここにあの人が来たら、り、り、流血劇が始まってしまう！」

「……コープランドさん」

コープランドの名を読んだ後、受話器の向こうの相手はしばらくためらうように黙った。

コープランドは、その沈黙の中で、相手が何か特別な解決策を思いつくことを祈った。

今の彼に、またこの『ペイV』に必要なものは事後処理についての解決策ではなかった。今この時に襲われた災難を、あの外の爆発音の原因そのものを防ぐ方法だった。

やがて受話器の向こうの相手が沈黙を破った。

「……今さっき、爆発音が聞こえましたが」

「そう！　だから！」

「彼は始めてしまいましたね。それでは止められません」

受話器を握るコープランドの手から力が抜ける。

そして、その手がだらんと落ちた。

コープランドは唖然とした表情で今から数秒前から聞こえている、様々な爆発音が続いている窓の外を眺めた。

受話器の向こうの相手は、そのコープランドの様子を知らずに、一人で話を続けていた。

「よく聞いていただきたい、コープランドさん。今は彼一人だけ先に来たようですが、三十分以内に『ホワイトスカル』もそこに到着するはずです。決して外に出てはなりません。家の中で絶対に動か……」

ピッ。

コープランドは、ボタンを押して通話を切ってしまった。

彼は知っていた。家の中に隠れていることで、今はあの外の騒ぎを回避できるかもしれない。

しかし、彼が最終的に代価を払うことになるのは明らかだった。

ここは、カウボーイの惑星であり、カウボーイの戒律は法よりも優先される。

彼らは羞恥心を感じた。

仲間の数は数百に達したが、獲物はたった一人に過ぎなかった。

彼らは街全体に完璧な包囲陣を構築していて、その獲物は道のド真ん中にいた。

ここは彼らのホームグラウンドだった。彼らの、悪名高い数百人の賞金稼ぎたちの故郷だった。また、今は『カウボーイの夜』、彼らの時間であり、直前まで彼らは二億ＧＤのウサギ狩りに没頭していた。

しかし今、彼らは新しい巨大な獲物と出くわした。

「何だ、これが全部か？」

ヤツが唇を舐めながら皮肉を言った。

その首にかかった懸賞金は二億ＧＤさえも端金にしてしまうレベルだった。

賞金稼ぎには絶好のチャンス。だから最初は彼らも恐れることなく獲物に銃口を向けた。

するとヤツは、ためらわずに突進してきた。賞金稼ぎの塊に飛び込み、拳を振るい、巨大な爆発を起こし、瞬く間に十数人の狩人たちを灰にしてしまった。

狩人たちは今夜、ウサギ狩りをしに来た。しかし今、彼らが向き合ったのは「人食い虎」だった。

「これが全部かよ！　アアン？」

ヤツは咆哮した。

ヤツは一人で、特別な武器を持っているわけでもなかった。ただの鎧を、人間の限界を超えさせる力を持たせてくれる鎧、『アーマードスーツ』をまとっただけだった。

その凶悪な鎧に対する噂は数多く流されていたが、実際に生で見たのは彼らが初めてだった。

ヤツがあの鎧一つだけで数百人の『ＳＩＳ』の兵士たちを殺したという話は何十回も聞いた。

そして彼らはそのたびに、それを笑い話にしていた。

今はそれを後悔する気さえ起きないが。

「これで全部なのか！」

ドッカーーーン！

やつは自分の拳をぶつけ合わせた。カウボーイたちはさらに息を殺して身を潜めた。この沈黙の中で目の前の獲物に隙が生まれないのか……。

「この、ボッシ・ルチアーノに喧嘩をふっかけたくせに、これで全部なのか！」

ドカン、ドカン、ドカン！

ヤツは、再び拳をぶつけ合わせた。

彼らはもう一度、息を止めた。あの人食い虎、ボッシ・ルチアーノの背後、黒く染まった空から何かが徐々に空港の方へ降りている。

それは戦艦だった。まるでサメを連想させる胴体、不吉そのものを身にまとっている真っ黒な船体。しかし何より目を引くのは、真っ黒な船体の側面に刻まれた絵。

それは真っ白な骸骨【ホワイト・スカル】だった。

着陸する戦艦を背景に、ボッシ・ルチアーノは凶暴な顔のまま笑顔を浮かべた。

「今日で、この都市は地図から消されると思え」

12　脱出への道

耳元で唸る音が響いた。

身体の感覚が消え、まぶたが重くて目を開けることができなかった。誰かが自分の肩を揺さぶっているようだが、単なる二日酔いのような感覚にも似ていた。

「……兄貴！　兄貴！　カルビン兄貴！」

どうやら酔っているわけではないな。

カルビンはかろうじて目を開けた。

まだ夜だったはずなのに、微かな月の光が、まるで真っ昼間の太陽のようにその目を突き刺してきた。そして少しずつ、自分の身体に微かな感覚が戻ってきた。

残念ながら、その感覚のほとんどが凄まじい痛みであったが……。

「兄貴！　気が付いたんですか!?」

カルビンは焦点のない目で、やっと前に立つ若いカウボーイを見ることができた。若い彼の格好もなかなかのものであった。

土だらけの顔や、小さな傷などはいいとして、額から血が流れているのを見ると、どうやら頭に大きな傷を負ったようだった。それだけでなく、彼の後ろに取り囲まっている他のカウボーイたちも全員それぞれに傷を負って、満身創痍な状態に陥っていた。

カルビンはゆっくり両手を動かした。両方とも動きには問題がなかったが、激しい痛みが伴っていた。どうやら骨にひびが入ったようだ。

「ヤツらは？」

カルビンは返ってくる返事を予想したが、あえて聞いた。彼の予想通り、若いカウボーイは暗い顔で首を横に振った。

「騒動に乗じて逃げました。ビル・クライドも、あの女も。何の衝撃も受けていないように、パッと立ち上がって、走っていきました」

「そうか。じゃあ……」

メインストリートの方にいる連中に連絡を。

すぐに下されるべきだった命令は、そのまま彼の口の中で消えてしまった。その前に一つ、聞かなければならないことがあった。

「……今の爆発は？」

若いカウボーイの顔がさらに土色に変わった。他のカウボーイたちも黙って首を垂れた。

その不吉な反応に、カルビンはその身体を起こそうとしたが、脇腹を抱え込んでうめいた。

若いカウボーイが慌ててカルビンを止める。

「あ、兄貴。むやみに動いちゃいけないです！」

「さっきの爆発は何だ！」

カルビンは大声で叫んだ。その瞬間、再び激しい痛みが脇の下から伝わってきたが、顔色を変えず、首筋に血管を立ててカウボーイたちを睨んだ。

「何だったのか言え！」

「ル、ル、ルチアーノです！」

若いカウボーイは目を閉じ、顔を思いっきりしかめながら叫んだ。

次に慌てるのはカルビンの方だった。しばらくぼんやりした顔で若いカウボーイを眺め、また別のカウボーイたちを見つめた。そして、彼ら全員が目と口を堅く閉ざしていることを確認してから、再び静かな声で質問を繰り返した。

「ルチアーノ？　まさかあのボッシ・ルチアーノなのか？」

「はい！　そのボッシ・ルチアーノです！　や、ヤツがあの噂の『アーマードスーツ』で武装して押し込んできたらしいです！」

「『アーマードスーツ』だと……？」

カルビンは瞬間的に、自分がまだ悪い夢を見ているのではないかと疑った。

「その鎧の破壊力に俺たちはやられたのか？　いや、その前に、あいつがなぜここに来た？自首でもするつもりで？」

「そ、それが」

「頼むからグズグズせずに早く言え！」

「お、女をよこせと言ったんです！　状況から見ても、言っている格好や年齢から見ても、確実にあの二億ＧＤの女のことを言っているのに間違いありません！」

その話を最後に、若いカウボーイは息を切らしながら後ろへ退いた。その言葉を聞いたカルビンは目を大きく開けて虚空を睨んだ。

やっと彼の頭の中でパズルの欠片が形になった。

突然現れた謎のご令嬢。その令嬢にかけられた二億ＧＤ。そして、二億ＧＤにも満足せず、その令嬢を連れて逃げたビル・クライド……。

他のカウボーイたちは、ただ銅像のように動きを止めて、隊長の様子を見ているしかなかった。彼らはお互いの顔色をうかがいながら、すぐにでも爆発しそうな隊長の怒りを、その怒声を受け取る準備をした。

しかし彼らの隊長は笑った。歯をむき出しにして、残酷に笑った。

「なるほど。ビル・クライド」

カウボーイたちは、その姿を見た瞬間、恐怖で震えた。彼らはただそこで、カルビンの次の言葉を待っていた。

「今回お前が選んだ狂気の選択は、それなんだな？　ボッシ・ルチアーノの女を奪うこと」

カルビンはためらわずに身体を起こした。

全身から響く激痛のせいで、微かなうめき声が口から漏れたが、気にならなかった。慌てて助けようとした他のカウボーイたちの手も軽く振り切った。彼は不吉な破裂音がしそうな身体を無理やり立て直した。帽子を直し、割れたサングラスを外してポケットに入れた。そして、カウボーイたちを見回した。

すぐにでも倒れそうな表情をしている部下たちに向けて、カルビンが口を開いた。

「獲物を追加する」

カウボーイたちは口を大きく開けて、隊長を凝視した。彼らとしては、まさかという心情だったが、カルビンは一秒もかけずに、彼らの期待を無残に潰した。

「ビル・クライドも、あの小娘も、ボッシ・ルチアーノも、全部捕らえる」

「あ、兄貴……」

「ヤツらは俺たちを甘く見た」

カルビンは血の混じった唾を吐いた。

「ビル・クライドは取引に応じるふりをして、私たちに不意打ちをかけた。そもそも、あの小娘は依頼通り捕まえなければならない。そして、ボッシ・ルチアーノは、俺たちに仕事を発注しておきながら、我々を信じずにこんな騒ぎを起こした。……全員捕まえる。捕まえて、カウボーイの戒律による代価を払わせる」

「し、しかし兄貴！」

若いカウボーイがよろめきながら前に出た。カルビンは彼を睨みつけたが、彼は身体を震わせながらも、最後まで声を絞り上げた。

「ほ、他のふたりはまだ十分に捕まえることができます。いや、捕まえます。しかしルチアーノは……ヤツの『アーマードスーツ』は……」

「お前は俺と保安官事務所に行く」

カルビンは彼の話を遮り、カルビンの指は次々に違うカウボーイたちを指した。

「お前らは、今すぐメインストリートに行け。対峙状態を作って時間を稼げ。俺が到着するまでルチアーノには手を出すな。交渉を提案しろ、うまくいかなかったらストリップショーでも、何でもやってとにかく時間を稼げ」

カウボーイの一人が深いため息をついた。彼は帽子を軽く押してから、また上にあげた。

それは命令に服従するという意味だった。

メインストリートへ向かう前、彼は最後にカルビンに聞いた。

「……保安官事務所に何かありますか？」

カルビンは生臭い笑いをして答えた。

「勝算がある！」

彼の話を聞いた途端、カウボーイたちは一斉に帽子を押して上げた。路地の向こうに消えていく彼らの背中を見つめながら、カルバンは再び笑った。

少なくともカウボーイたちには、勝算があったのだ。


……ルチアーノだ。


セロンは直感した。

彼が直接来たのに間違いなかった。先ほど立ち上った火柱が、そしていま着陸しようとしている『ホワイトスカル』の戦艦がその証拠だった。

「はあ？　あれはまたどうなってるんだ？」

クライドは眉をひそめ、遠くに降下する戦艦を眺めた。

二人ともホコリにまみれ傷だらけだった。街中での爆発に乗じてギリギリその場から抜け出したが、その見返りに再び地面に転がったせいだった。カルビンのように壁に突っ込まなかったことが不幸中の幸いだった。

もちろんセロンの場合は、その戦艦が姿を現したときから、そのような些細なことはすっかり忘れてしまった。彼女は血が出るほど強く唇を噛んだ。

「……『グリムクリッパー号』」

「はあ？」

クライドの視線が自分の依頼者、『セイリン』嬢に向かった。『セイリン』、いや、セロンはさらに暗い顔でつぶやいた。

「……『ホワイトスカル』が、ルチアーノ直属の親衛隊が来たんだ」

クライドは一瞬、彼女の話が理解できなかった。左に、右に、彼はわざとおどけた仕草で首を動かした。

「ルチアーノ……ルチアーノ？」

「そう」

「……ボッシ・ルチアーノ？」

「そうだ」

セロンの表情はますます暗くなっていた。反面、クライドの顔はますます真っ白になっていった。やがてクライドが震える声で聞いた。

「……ま、まさか、お嬢様のせいで……？」

「そうだ」

セロンは再び肯定した。そしてしばらく間をおいて、短く付け加えた。

「彼は所有欲が強いから」

セロンはルチアーノの所有欲の先にあるものが何かを正確には想像できていなかった。

彼が単純に自分のこの身体に欲情しているのか、それとも自分を精神的に屈服させて達成感を得ようとしているのか、そうでなければ組織の新しいボスとして危険要素を取り除こうとしているのか。

そのうちの一つの可能性もあり、それとも複数の可能性もあった。

そして事実そのものは、重要な問題ではなかった。本当に重要なのは、ルチアーノがセロンを狙う理由がいくらでもあるということであり、さらに彼自身が、直接動くほど執着しているということだった。

セロンはクライドの顔を見つめた。昨日のこの男は、ルチアーノのような怪物を相手にするのは頭がおかしくなったヤツがすることだと一笑した。

今はどうなんだろうか？

「おい、ビル・クライド」

セロンは微妙な気分を感じながら、話を始めた。

「先ほど貴様が言った質問をそのまま返してやろう。二十億ＧＤが大切か、それともお前の命が大切か？　僕はルチアーノがその手に入れようとしている身だ。諦めるならば今のうちだ」

さらに真っ白になったクライドの顔を見ながら、セロンは自分が感じた微妙な気分の正体に気付いた。

それは一種の快感だった。

相当悩むだろう。だが……。

二十億GDを諦めるか、それともルチアーノに追われる方を選ぶのか。

この男と出会ってから一日しか経っていないが、セロンにはなんとなくこの男が、どちらを選択するか分かるような気がした。そしてその選択に至るまで、この男が少なからぬ煩悩と苦痛に悩まされるということにも。

だからセロンは、しばらくクライドの煩悩と苦痛を満喫した。微かな笑顔を口に含んで彼が出す結論を待っていた。

やがてクライドの口が開いた。微かに悪口をつぶやいているように聞こえた。

「クソ、クソ、クソ、クソッ……行きましょう！」

やはり。

セロンは失笑とともに襟を正して足を運んだ。クライドも彼女の後に続く。歩きながらも、クライドは一時も止まらずに独り言をつぶやき続けた。

「ちくしょう、二億GDで満足するべきだった。二億GDなら、この時点で悩まずに逃げられたのに。しかし、二十億……二十億だったら……」

「命を賭けてみるだけの金だろう？」

セロンは足を止めて冷たく彼の話を切った。その顔から一筋の笑顔は消えていた。その代わりというべきか、今度はクライドの口元が少し上がった。

「……へへっ。少しは言葉が通じますね、お嬢様」

「二日あれば、お前のような人間の脳構造を把握するには十分過ぎる。いいから、金が惜しいなら、無事に抜け出す方法を考えろ」

「またちょっと褒めてあげたら調子に乗って……」

「なに？」

セロンが睨んできた時には、すでにクライドは他の方向へ視線を向けた後だった。クライドの目は、あの遠く、少なくてもここから一時間はかかるような都心の空港を見つめていた。

「賞金稼ぎがこの一帯を掌握している状況なのにルチアーノまで……すでに都心は戦争直前だろうな。あの爆発から後、何の音も聞こえないからまだ戦争になったわけではないと思うが、大通りはもう行けないだろう」

セロンは近いうちに、もう一度自分の立場を分からせようという思いを強くしていたが、今がその時ではないこともわかっていた。彼女は二億ＧＤが入ったカバンを強く抱きしめながら、ぶっきらぼうに彼の言葉に加えた。

「あたりまえでしょう。当然裏道に入らないと」

「いや、裏道を行っても、いつどこで待ち伏せしている賞金稼ぎたちと出会うか分からないんですよ。フム……」

眉間のしわがより深くなった。

セロンの考えはすこし違った。当然、裏道に行っても、賞金稼ぎに襲撃されるリスクは存在する。しかしそれは大通りでルチアーノの暴動に巻き込まれるのに比べたら、たいした話ではない。

「だからといって、空に飛んでいくわけにもいかないじゃないか。ある程度のリスクを背負わないと……」

「……空？」

クライドの目が細くなった。

「……空。空中……？」

その時点で、セロンは寒気が自分の身体を貫く感じに襲われていた。

一方で、その寒気に何となく自分が慣れてきていることにも気付いた。それはまさに昨日、塞がれた階段の前で、クライドが自分を肩に乗せる直前に感じたあの寒気そのものだった。

セロンは用心深くクライドの顔色をうかがい、まったく消えない不安を押さえながら小さな声で聞いた。

「ビル……クライド？」

クライドは昨日同様、彼女の声を聞いていなかった。深刻な表情で物思いにふけっていた。

「空、空……なるほど」

「？」

「屋上だ!!」

13　親衛隊『ホワイトスカル』vs カウボーイ

レンスキー・モレッティは老練な執事がゆえに、感情を表に出すような愚かな行動は慎んでいた。しかし彼の心は、刻々と焼けていくところだった。

今彼のそばには、ボッシ・ルチアーノが立っていた。ルチアーノが街を火の海にする直前にレンスキーはここに到着することができ、辛うじて「一時間待ってみよう」とルチアーノを説得することができた。彼はそれが新しい主人の指示であることを何回も強調した。もし、レンスキー自身の意見だけでルチアーノを防ごうとしたら、ルチアーノは待つどころか、まず最初に彼自身から燃やしてしまっただろう。

「レンスキー・モレッティ」

レンスキーは沈鬱な顔で頭を上げた。

「はい、ルチアーノさん」

「あと何分だ？」

彼は自分の腕時計を見た。時計の針はあれからほぼ一周回った状態だった。

「八分です」

その答えに対してルチアーノは特に何も言わなかった。そしてレンスキーも敢えて気にしなかった。

代わりにレンスキーは彼らの鼻先に対峙している数百人の賞金稼ぎたちを見た。

彼らが到着した時にはこの群れは街の至る所で身を潜めていた。だが、約二十分前から突然一人、また一人と通りに姿を現し始めた。

全面戦争をするつもりなのかと少し緊張が走ったがどうやらそういうわけではなさそうだ。彼らは相変わらず手に武器を持っていたが、襲ってくることはなかった。

彼らはただ群がって道を塞ぎ、隊列を組んで、沈黙を守りながらこちらを睨んでいるだけだった。そう、自分たちを。

レンスキー・モレッティと、ボッシ・ルチアーノ、そして『ホワイトスカル』を。

レンスキーは後ろを振り返った。50名ほどの男たちが目に入った。その男たちは皆、威圧的な外見と健康的な体格をしており、何よりも真っ黒な『アーマードスーツ』で武装していた。

それがルチアーノの親衛隊だった。全宇宙の悪名高き『ホワイトスカル』だ。

……ゾッとするな。

レンスキーは他人に聞こえない声で正直な感想をつぶやいた。

この状況で悲惨な結果を予想するのは簡単だ。もちろん数百人の賞金稼ぎは誰もが侮れない相手ではあるが、『ホワイトスカル』はその『誰も』の範疇に入る集団ではなかった。

おそらく八分後にあの賞金稼ぎたちは一人残らず炭の塊か血の塊に変身してしまうだろう。

そして、真っ白なドクロが刻まれた、黒い『アーマードスーツ』とルチアーノの悪名は再び全宇宙に馳せるだろう。そして、それはつまり、彼の元の主人がここから脱出するという計画がさらに困難になることを意味した。

レンスキーは首を振った。ここは何としても防がなければならない。

彼はやっとのことで声を絞りだした。

「ルチア……」


「ボッシ・ルチアーノ」


「!?」

レンスキーは驚いた目で前を見た。

怖がりもせずルチアーノの名前を呼ぶ男、長々と一時間近く続いてきたこの沈黙を破った男はカウボーイだった。ひと目見ただけでただ者ではないということがわかった。

全身は満身創痍だったが、目には殺気があり、低い声には力があった。

何よりも彼が現れた途端、海が割れるように数百人の賞金稼ぎが一斉に道を開けた。

レンスキーはすぐにルチアーノの方を見た。ルチアーノは口元をゆがませ首を捻った。

「お前は誰だ？」

「『ペイＶ首席保安官』カルビン・マックラファーティ」

簡潔な返答と共にカウボーイはリボルバーを抜いた。ルチアーノの口元がさらにゆがんだ。

「首席保安官？　おちょくっているのか？」

「女を探していると聞いた」

カルビンの口調は強引で高圧的だった。ルチアーノが唸りながら拳を上げたのも、ある意味当然のことだった。

だがそんなルチアーノをレンスキーが制止した。

「そう。女を探しています。メイド服を着た黒い髪の少女です」

レンスキーはもしかしたら血まみれの惨劇を見なくて済む方法があるかもしれないと思い、切なる希望を込めて尋ねた。

「彼女を連れて来たら二億ＧＤ支払うと約束しています。もしかして、見つかったのですか？」

「見つけた。今は取り逃がしたが。だがもうすぐまた捕まえてくる。約束しよう」

そんな言葉、今は意味がない……。

レンスキーはギュッと目を閉じた。ルチアーノを止める方法はただ一つ。セロン・レオネを今すぐ彼の目の前に連れてくること。そう、今後の約束などまったく意味がなかった。

あと数分後にはルチアーノは血を見るはずだ。このままでは恐らくあのカウボーイが最初の生贄になる可能性が高かった。

だが、カルビンはそこで止めなかった。口も、そして、足も。

「そこでお前も一緒に捕まえてやろう」

カルビンは歩み出てきた。彼の後ろに群がっている数百人の賞金稼ぎたちも一斉に自分たちの武器を手に取った。ルチアーノは一瞬呆気にとられたが、すぐに爆笑した。

「捕まえるだと！　俺を？　この『ホワイトスカル』を？」

「当然、懸賞金はその女のとは別にお前の分も貰う」

「レンスキー！」

ルチアーノの叫び声が響いた。

「言ってみろ！　まだ俺はその八分を待たなきゃいけないのか？」

「はい、と言いたいのは山々ですが……もう大丈夫です」

相手がこう出てきた以上、いくらレンスキーでもルチアーノを止めることはできない。

彼は額を押さえ、深いため息をつきながら後ろに下がった。

ルチアーノはズンズンと前に出てくる。

カルビンもまた歩みを止めない。

こうしてあっという間に二人は目と鼻の先で向かい合い止まった。カルビンの後ろには数百人の賞金稼ぎが列をなして立っており、ルチアーノの後ろには五十名のホワイトスカルが徒党を組んで待機していた。

　ルチアーノは凶悪な笑みを浮かべた。

「缶詰にしてやろう」

　その声と同時にカルビンがベストを開いた。

「それはこっちのセリフだ。間抜けが」

　そしてどこかから少女の叫び声が聞こえた。


「キャァァァァアッ！」


　そこにビル・クライドの怒鳴り声が続いた。

「あっ、お静かに!!」


「……」


　ルチアーノとカルビン、『ホワイトスカル』と賞金稼ぎたちはしばらくその姿勢を崩さず互いを凝視しながらも、ゆっくりと女の声の方向に顔を向けた。

　そして、ルチアーノとカルビンは同時に互いに違う名前を口走った。

「セロン・レオネ？」

「ビル・クライド？」

ちょうどその時、今この街で最も危険な二人の男に名前を呼ばれた間抜けな二人組は、怯える雛鳥のように床に伏せていた。

より正確に説明すると、二つの派閥が対峙したメインストリートの片側、空港の目の前にある建物の屋上で二人は並んで伏せたままだった。

その状態のまま、クライドはできる限り声を潜めて怒りをぶちまけた。

「このアホが！　あそこで悲鳴をあげるなんて何を考えているんですか。もうここさえ降りられれば空港まであと少しなのに！」

同じくうつ伏せになったまま、セロンは歯をギリギリと噛みしめながら言い返した。

「高所恐怖症だって最初から言っただろ！　こんなやり方は聞いてない！」

「『少し』だと言いましたよね！　『少し』だと！」

「だから今まで我慢してきたじゃないか！」

セロンは瞬間的に拳を振り上げクライドの鼻先を殴った。そして、うめき声をあげながら鼻先を押さえているクライドに今まで溜まった鬱憤を余すことなく発散した。

「このクソが！　高所恐怖症の人間を連れて屋上から屋上を飛び移って移動するだと？　しかも人をカバンみたいに背負って！　頭がおかしいんじゃないのか！」

クライドも勢いよく立ち上がった。

「他に抜け道が見当たらないのにどうしろっていうんだよ！　実際に後ちょっとだったじゃないか！　お前が最後に悲鳴さえあげなきゃ、今頃俺たちは空港だった！」

セロンの顔が赤くなった。

「お、お前だと？　この機会だから聞くけど、お前一体いつからそんなに偉そうな口癖が付いたんだ！　あん？」

「いつからでもいいだろ！　なんか文句あんのか！」

いつの間にかセロンも立ち上がってクライドを睨んでいた。二人は互いに汚い言葉で罵りあっていた。

もちろん彼らが忘れているだけで、街を埋め尽くす賞金稼ぎとルチアーノの『ホワイトスカル』は健在だった。彼らは屋上で繰り広げられている激しい言い争いを唖然とした表情で眺めていた。

「あいつらは一体、何をしてるんだ？」

先にボソッとつぶやいたのはルチアーノだった。カルビンは低い声で続いた。

「……これこそ、飛んで火にいる夏の虫だな」

ルチアーノもまた彼の声に反応した。彼は再び険しい目でカルビンを見下ろした。

「よくも人の獲物を……」

「ルチアーノさん！」

振り上げていたルチアーノの拳が虚空で止まった。彼はゆっくりと振り返りレンスキー・モレッティーを睨んだ。

「なんだ？」

「その男に今、手を出してはいけません」

「なぜ？」

「その目が節穴でなければ、そのベストの内側に吊るしているモノが何なのかわかるでしょう」

ルチアーノは目を細めてカルビンの方に視線を向けた。

なるほど、カルビンのベストに何かがぶら下がっているのが見えた。炭酸飲料の缶くらいの大きさで、得体のしれない金属製。そこに真っ青な光が点滅している物体だった。

「それはパルス爆弾です。被害範囲がどれくらいかわかりませんが……あれがもし爆発すると『アーマードスーツ』が数百キロのゴミの塊になってしまいます」

14　文無しの脱出

「この野郎！」

宙に浮いたルチアーノの拳がぶるぶると震えた。その口元は今にも怒声をあげるかのようで、眼光はカルビンを焼き払うかのように鈍く光っていた。

しかしカルビンは少しも委縮しなかった。彼は無表情でルチアーノの顔を睨み付けた。目と目が合ったまま少しも引き下がる気配はなかった。カルビンは彼が何もできないことをよくわかっていた。

こんなヤツがいたとは……。

少なからず当惑したのはレンスキーも同じだった。パルス爆弾は『ＳＩＳ』が運用する珍しい装備だ。そんな物がこの外殻惑星にあるということだけでも驚きだが、まさかそれを自分の身体にぶら下げ、自分たちに立ち向かってくる者がいるとは想像もできなかった。

もはや余裕をかましている状況ではない。

圧倒的な数的劣勢にも関わらず、これまで自分たちの勝利を確信していた理由は、ひとえに『アーマードスーツ』の驚異的な破壊力のおかげだった。

しかし、もしあのパルス爆弾の範囲がルチアーノと『ホワイトスカル』全体に影響を及ぼすレベルだったなら……。

もうルチアーノがなんとかできる状況ではなかった。ここはレンスキーの出番だ。

「ここは私に」

レンスキーが前に出た。ルチアーノはチラッと見てさらに固く口をつぐんだ。彼はそれを肯定の意味で捉えた。

「私はレンスキー・モレッティー。貴殿はカルビン・マックラファーティと聞いたのですが」

「そうだ。用件はその場で。近付くな」

「いいでしょう」

レンスキーは大人しく立ち止まった。カルビンも少し顔を傾けてレンスキーを見た。もちろん片方の手は懐にあるパルス爆弾をギュッと握りしめていた。

レンスキーが先に口を開いた。

「さっきから言っていますが、我々はあの屋上の女さえ手に入れば満足なんです。ここであなたたちと流血劇を繰り広げる理由はないのです」

「残念だな、こちらには理由がある。それも三つも」

カルビンは嘲笑った。彼にはレンスキー・モレッティーの言葉は意味を成さなかった。

「一つ、お前たちは我々の獲物であるにも関わらず、我らに依頼を託し騙した。二つ、我々に依頼をしておきながらも我らを信じなかった。三つ、この野郎、ボッシ・ルチアーノには莫大な懸賞金がかけられている。我々がお前たちと戦わない理由があるか？」

「理由ならあります」

あまりにも断定的なレンスキーの口ぶりに、カルビンでさえも一瞬言葉を失うほどだった。

カルビンは固唾を飲み、やっとのことで答えた。

「……言ってみろ」

「あなたの仲間にとって、そのプライドよりも命が大事だからです」

今度はカルビンの顔が瞬時に固まった。

すでにその表情を隠す余裕すらなかった。レンスキーは内心胸を撫で下ろした。

当たりなのか。

カルビンが持っているパルス爆弾の威力に関して、レンスキーは確信を持てなかったものの、ある程度の仮説は持っていた。

彼から見てカルビンは命を惜しむような人間ではなかった。彼がそんな部類なら、最初からこんな無謀なことを計画しないはずだ。だから、もし本当にあのパルス爆弾がルチアーノと『ホワイトスカル』全体の『アーマードスーツ』を無力化させるほどなら、カルビンはすでにその爆弾を爆発させるはずだ。

だがカルビンはそうしなかった。それはまさにカルビンがその爆弾の威力に確信を持てていないということを意味していた。

恐らくルチアーノ一人くらいならなんとかなる。だが『ホワイトスカル』が十人、いや、五人でもその爆弾の威力から逃れた場合、この街は賞金稼ぎたちの血で染まるはず。

そしてそれは彼の望むところではなかった。

「マックラファーティ殿」

レンスキーはその隙を逃さず攻めた。

「皆さんに大義名分を与えます。だからここではあの女を捕まえることに力を貸してください」

「大義名分？」

「そうです」

その時レンスキーはチラッとルチアーノの機嫌を伺った。ルチアーノは依然として沈黙を守り、目の前のカルビンを狙っていた。

レンスキーは頷いた。

ルチアーノは獣ではあるが、少なくとも一度任せるといった限りそれを破らない程度のプライドは持ち合わせていた。

彼は再び口を開いた。

「我々から依頼を受けたという理由で、そしてこちらの不信感によって傷ついたプライドを、私の謝罪とあなたたちの命の対価としてください」

口が達者だな……。

カルビンは内心歯ぎしりをしながらも、表では何も言わずにレンスキーの言葉に耳を傾けた。

レンスキーはもう一度ルチアーノをチラッと見た後、口を開いた。

「それとあなた方が諦めなければならないボッシ・ルチアーノの懸賞金については……」

しばらく沈黙したあと、彼は話を続けた。

「あの女の懸賞金二億ＧＤの五倍の金額を支払うことで、その代わりにしてください」

「ご主人様……」

激化していた戦いの中で、セロンの耳に聞き覚えのある呼び声が聞こえてきた。

その瞬間、セロンはクライドに背を向けた。

そのせいで髪を引っぱろうとしたクライドが代わりに宙を掴んで派手に転んでいたが、セロンにはもうそんなことはどうでもいい。

「まさか……」

彼女はとっさに屋上から下の世界を見下ろした。その信じたくなかった「まさか」がそこにはあった。

やがて彼女の口から苦痛に満ちたうめき声のようなものが発せられた。

「レンスキー……モレッティ」

セロンは初めて自分を危機に追いやった原因を理解した。

誰が自分の秘密口座を追跡できたのか。レオネ家で唯一の生存者である自分を除いて、いったい誰がレオネ家の秘密を知ることができたのか。

そう、彼だった。彼なら可能だった。数十年にわたってレオネ家に忠誠を誓った執事、レンスキー・モレッティなら……。

「ご主人様」

レンスキーは落ち着いた声でセロンを呼んだ。

セロンは震えながら手すりを握り、辛うじて自分の身体を支えた。

彼女の目には無表情で自分を見つめている初老の執事姿が映った。

左側には余裕たっぷりの目で自分を見ているルチアーノと、その後ろに群がっている数十名の『ホワイトスカル』が見えた。右側にはカルビンが腕組みをしたままこちらを睨んでいる。当然、彼の後ろには数百人の賞金稼ぎが一緒だ。

……絶望的な状況だった。

ついさっきまで一触即発で対峙していた者同士が、どうして今になって一斉にここを狙っているのかわからなかった。

だがセロンにはそれよりも先に聞かなければならないことがあった。

彼女は震える声で尋ねた。

「……あなたも裏切った？」

レンスキーは静かに頷いた。

「はい、ご主人様」

「いつから……いえ、どうして……」

「話せば長くなります。ご主人様」

レンスキーは左手を胸に当て、丁寧に九十度腰を曲げて挨拶をした。その姿を見てセロンはさらに強く下唇を噛んだ。唇が裂け、うっすらと血が滲んだ。レンスキーはゆっくり腰を伸ばし、もう一度頭を下げた。

「お供の際に、ゆっくりとお話しいたします」

レンスキーはそのまま後ろに下がった。

セロンは心の奥底から何かが込み上げてくるのを感じた。

……タリアは死に、レンスキーは裏切った。

改めてこの事実を飲み込むと胸が痛くなった。

ルチアーノの裏切りを知った時、一番最初に沸き起こった感情は愚かな自分に対する「怒り」だった。そしてレンスキーの裏切りを知った今、セロンに押し寄せた感情は、血縁に近い最後の人間までもが自分を裏切っていたという「悲しみ」だった。

それは想像を絶する苦痛であり、危うく涙を流しそうになった。

彼女の背後でしゃべり続けるビル・クライドがいなかったら……。

「クソッ、今回こそ最悪だな……」

セロンはサッと目元を拭った。幸い濡れてはいなかった。

その事実を知ってか知らずか、クライドは再び間抜けな声でしゃべり出した。

「お嬢様、今度こそ本当に困っちゃいましたね。どうしましょうか？」

「……僕に聞くな」

セロンは声を詰まらせながらつぶやいた。

クライドが欄干に姿を現すと、賞金稼ぎたちは一斉に武器を持ち彼に照準を合わせてきた。

拳銃や小銃はもちろん、迫撃砲やロケットランチャーのような屋上を丸ごと吹き飛ばせる物も混ざっていた。その上、セロンが知っている『アーマードスーツ』の威力なら建物を粉々にしてしまうこともできた。

文字通り四面楚歌だった。

「おい！　そこの腰抜け賞金稼ぎ！」

両手の拳を突き合わせながら出てきたのはボッシ・ルチアーノだった。ルチアーノは吠えるように叫んだ。

「その女は俺のモノだ！　今すぐ渡せ」

クライドはセロンにだけ聞こえる声でつぶやいた。

「お嬢様さえいなければ宇宙の果てまで逃げられるんですが……」

「なんだと！」

皮肉めいた言葉とは裏腹に、クライドは真剣な眼差しで街の状況をうかがっていた。

はっきりとは分からないが、鎧の兵士たちが約五十名。完全武装した同業者が数百人。

空港は目の前だ。お嬢様は確かにお荷物だが、意外に走るのは速いから数分ほど時間を稼ぐことができれば脱出できる可能性が出てくる。

もちろんその数分間を稼ぐことができないからここにいるのだが……。

「ビル・クライド！」

今度はカルビンだった。

「もういい加減おとなしく降参しろ。そうすれば命だけは保証しよう」

残念ながらその選択は二十億ＧＤで売り払ってしまった。

閃光弾はすでに使ったし、その他の武器といえば愛用の二丁拳銃だけだった。せめて爆弾でもあれば騒ぎを起こすのだが……。

「クソッ。腐った縄でもいいから拾っとくか」

クライドは悪態をつきながら後ろを向いた。もしやと思い屋上のあちこちを見て周ったが、
適当なモノは何も目に入らなかった。今ここにいるのは、お荷物のお嬢様とそのお嬢様が持っ

ているカバン。

……カバン？

クライドの視線が止まった。

「……お嬢様」

「なんだ？」

セロンは疑いの目でクライドを見た。彼女はいつの間にか手すりにもたれかかり身を隠していた。

「ちょっと聞いてもいいですか？」

「……また何を余計なことを……いや、なんだ？」

「二十億ＧＤ、いえ、とり急ぎ五千万ＧＤだけでもいいので、もしここから脱出できたらすぐに受け取ることができますか？」

少女の目はすでに軽蔑感で溢れていた。

「……ビル・クライド」

「いやいや、これは本当に重要な質問なんですよ。できますか？　できませんか？」

「……ふぅ」

セロンはがっくりとうなだれた。最初に会った時から大体はわかっていたが、この男はどんなに尊敬しようとしても無意味な人間だった。

「……あぁ。さっき銀行でクレジットカードを発行したから、ネットバンキングが使える」

「よっしゃー！　良かった。ではお嬢様」

「今度は何だ!?」

「ひとまずこれを読んでみてください」

クライドはポケットからクシャクシャになった紙を取り出した。セロンはそれを受け取るや否やすぐにその正体に気付いた。そう、さっきの二十億ＧＤの更新契約書だった。

「……」

「その下から五行目を読んでみてもらえますか？」

「……」

「もぅ、早く読んでくださいよ」

……もうダメだ。

セロンはすべてを諦めた。彼女は自暴自棄な気持ちでクライドの悪筆を読み始めた。

「……依頼主はビル・クライドに対して任務中の『経費』を別途支給する」

「いいでしょう。はっきり確認しましたよ」

その瞬間クライドが動いた。

セロンは紫色の瞳を丸くしてクライドを見た。彼はスタスタとセロンに近付き、通り過ぎていった。

セロンのすぐ横の欄干の端に立って、敵でいっぱいの街を見下ろした。

彼が姿を現した瞬間、ルチアーノが再び大声をあげた。

「この野郎、何をグズグズしている！　早く女を」

それが合図かのように、大勢の賞金稼ぎたちの野次が飛び交った。

「ビル・クライド、この野郎！」

「いますぐ降りて来い、ぶっ殺してやる！」

「今さらあの女と一緒に死ぬつもりか？　おいっ！」

クライドは一切動じなかった。彼はただ静かに、冷静な目で街を見つめているだけだった。

セロンも彼が何をしようとしているのか見当が付かなかった。

最後の突撃でもするつもりなのだろうか？

いや、クライドの性格やさっきの質問から想像しても、その選択はないな。

しかし、それから彼女はクライドが手に何かを持っていることに気が付いた。

それが何かわかった瞬間、彼女は逆に得体のしれない恐怖に襲われた。

それは……二億ＧＤが入ったカバンだったのだ。

「ビル・クライド？」

セロンはよろめきながら近づいた。

「何をするつもりだ……？」

クライドはゆっくりと彼女の方に顔を向けた。

この状況には相応しくないほど明るい表情……と、同時にセロンにとっては不吉を意味する『満面の笑み』を浮かべた。

「ま、まさか……」

セロンは口をつぐんだ。きっとそれなら可能なはずだ。だけど本当に？

クライドはしっかりと頷き、叫んだ。

「こうするんだよ！」

そして彼は全力でカバンを宙に放り投げた。


ゲゲゲっ！


屋上から投げられた謎の物体が自分たちの頭上に飛んできた時、賞金稼ぎの群れに雷のような叫び声が轟いた。

「爆弾だ！」

「撃て！」

賞金稼ぎたちの武器と、『ホワイトスカル』の拳が一斉に宙を向いた、ルチアーノも鼻で笑いながらその謎の物体を見上げた。

だがカルビンはその可能性を否定した。いくらクライドでもあの大きさの爆弾をすぐに調達することはできない。これもヤツのハッタリだ。

だから皆が空中の物体に気をとられている間も、カルビンだけは屋上のクライドから目を離さなかった。

しかし、クライドは手すりに片足を掛け、空に向かって銃を向けていた。

「なんだと！」

本当に爆弾だったのか？　空中でそのまま起爆させるつもりか！

こうなるとさすがにカルビンでさえ、その物体を見つめるしかなかった。

と同時に、全ての人々の視線がその謎の物体に向けられ、数百の銃口がその物体を狙った。

ただ、その中で最も早かったのはクライドの拳銃だった。

パン！

一発の銃声が響いた。

続いてカチャっという音と共に何かが開いた。

確かにそれは口を開け、その中に綺麗に収まっていた『中身』を一つ残らず吐き出した。

最初はそれが雪のように見えた。

その雪は夜明けの光を受けて、『ペイV』の強い風に乗ってヒラヒラと舞った。

街を埋め尽くす数百の賞金稼ぎたちは口を開けたまま、その光景に釘付けとなった。

誰も見たことのない夢のような光景だった。

しかし夢はいつかは覚めるもの……。

その雪片がゆっくりと賞金稼ぎの額の上に舞い落ちた。彼らは目が覚めた人のように、ゆっくりと手を伸ばし自分の額の雪片を見る。

その結果、自分たちはまだ夢の中にいると確信した。

「金……？」

その雪の名前だった。

その賞金稼ぎのつぶやきは、まるで疫病のように周りに拡がっていった。

「金？」

「金だ！」

雪片が徐々に下に降りてきた。

それとともに尋常ではない狂気が彼らを支配した。

「金だ！　全部金だ！」

「なんだこれは、全部金だと？」

その狂気と歓喜が、呆然としていたカルビンを目覚めさせた。

カルビンは素早く辺りを見回した。

そこは、雪片を奪い合う狩人でごった返していた。

そしてそれは今にも爆発するかのようにうごめいていた。未だ街中に舞っている紙幣に向かってカウボーイたちの欲望が沸き起こっていたのだ。

「クソくらえ、この野郎ども！　隊列を守れ！」

カルビンの絶望に満ちた声を最後に、四方から歓声と怒号が街を覆った。

誰も止められなかった。

賞金稼ぎたちは狂ったように互いを踏みつけながら、空中に舞う紙幣を奪い取るためにぴょんぴょんと飛び跳ねていた。カルビンもレンスキーもルチアーノも大声で叫んだが、その声はすべてカウボーイたちの歓声でかき消されてしまった。


その中で少女の手を掴んで空港の中に消えていくクライドの姿を見たような気がした。


カルビンはこれらすべてが現実に起きていることだと理解していた。

それでも少なくとも最後の場面だけは自分の勘違いであってほしいと切に願うしかなかった。

外伝②『カウボーイの夜』その後

その大騒動から丸一日が過ぎた。

『ペイV』のカウボーイたちにとっては悪夢のような一日でもあったし、完璧なラッキーデイでもあった。強いて言えば、ラッキーデイという人が多かったようだが。

だがそれは街を埋め尽くした紙幣のせいではなかった。

いくらばら撒かれた金が二億GDだったとしても、その混乱の中で拾えたのは一人当たりせいぜい一万GD、もしくはそれ以下だったからだ。

「ラッキーだった」と主張する理由の大半がルチアーノによる惨劇が起こらなかったからだ。

クライドが騒動に乗じて少女を連れて惑星を抜けだしたことを後になって知ったルチアーノはヤケを起こして惑星そのものを吹き飛ばそうとした。

しかし、最後の最後でレンスキー・モレッティーがそれを阻止した。『SIS』でさえ恐れるその前代未聞の怪物をおとなしくさせるには、たった一言で十分だった。

その老人は猛獣使いにでもなるつもりだろうか。

しかし今はそんなことよりもすべきことがあった。

カルビンは保安官たちに合図した。

「開けろ」

「はい」

バン！　バン！　バン！

数発の銃声が鳴り響き、蜂の巣のようになったドアノブが床に転げ落ちた。

カルビンは躊躇なく家の中に足を踏み入れた。そんなに長く歩く必要はなかった。彼が探していた人物は待ち構えていたかのように居間に座ってカルビンを迎えた。

「アダム・コープランド」

『ペイV』銀行の支店長、アダム・コープランドは青ざめた顔で頷いた。

「マ、マックラファーティ首席保安官」

カルビンは無言で家の中を見回した。コープランドの隣に置かれた小さなライトを除いて照明はすべて消えていて、人気も感じられなかった。隣の家もこれだけの騒動に関わらず、死んだように沈黙を守っていた。彼はすべてが完璧な状況であることを確認した後、再びコープランドの方に目を向けた。

「奥さんと娘さんは？」

「……き、君が言った通り実家に帰した」

「よくやった」

カチカチという音とともにリボルバーのシリンダーが回った。それとともに彼の低い声が部屋中に響いた。

「少なくとも娘の前で父親を殺さなくて済む」

「しゅ、首席保安官！」

それが引き金だった。

必死に毅然とした態度を装っていたコープランドは悲鳴に近い叫び声をあげながら床にひざまずいた。彼の顔はこの世のものとは思えないほど真っ青で体中が汗でビッショリだった。

コープランドは息も詰まるほどの恐怖を前に狂ったように震えていた。

「お、俺は知らなかった！　知らなかったんだ！　ただ、客の依頼通りに仕事をしただけだ……まさかそこに『アニキラシオン』が関与しているとは夢にも思わなかった！」

「アダム・コープランド」

カルビンは首を横に振った。

「お前のその安易な考えがこの惑星の数百人のカウボーイたちをミンチにするところだったんだぜ。なのに『知らなかった』だと？　まさか貴様は三歳の子供にでもなったと勘違いしているのではあるまいな」

「しゅ、首席保安官、いや、マックラファーティー！　カルビン・マックラファーティー！」

「まっすぐ立て、コープランド」

カルビンはコープランドの肩を掴んで無理やり立たせた。

コープランドはしゃがれ声で悲鳴をあげながら必死に抵抗したが、平凡な銀行の支店長が熟練したカウボーイのカルビンに力で勝てるわけはなかった。

カルビンは胸ぐらを掴み、震えた足のせいでまともに立っていられなかった彼の額にリボルバーを押し当てた。

カルビンがささやいた。

「コープランド。三歳の子供と大人の違いは何かわかるか？」

コープランドは頭を振った。涙と鼻水でぐちゃぐちゃになったまま頭を振りながら叫んだ。

「し、知らない……！　俺はただ頼まれたからやっただけだ！　あの女が……！　【ミセス】レオネが俺に……！」

「それは」

彼はコープランドに向かって言い放った。

「大人は自分のしたことに責任をとらなければならない」

バン！　バン！　バン！

三発の銃声が響いた。

すぐに二人の保安官が部屋に入ってきた。そこで彼らが見た物は胸に三発の銃弾を貫通させたまま床に倒れているコープランドの死体と、頬の返り血を拭いている彼らのボスだった。

カルビンは血を拭いたハンカチを広げコープランドの顔に落とし、苦々しい顔でつぶやいた。

「バカなヤツ……」

カルビンは最後に二人の保安官に命令した。

「街全体に知らせろ。アダム・コープランドはカウボーイの戒律に従って対価を支払ったと」

「はい」

「それと明日、俺の後任者を選出しろと伝えろ」

「はい……はい？」

カルビンは自分のリボルバーを睨みつけながら低い声で宣言した。

「今から俺はビル・クライドを追撃する」


ピッ。


短い電子音とともにスクリーンが開いた。

【Unknown】と表示された通信画面が表れると同時に、レンスキーはひざまずいた。

「ご主人様……」

「モレッティさん」

画面の向こうから聞こえてくる声は明らかに変調されていた。声だけでは男なのか女なのか、はたまた老人なのか子供なのかさえわからなかった。それでもレンスキーは自然に頭を下げた。

「『ペイV』を出発しました。目的地まで二週間ほどかかる予定です」

「良かった。ルチアーノは？」

「それが……」

レンスキーは言葉を濁した。忠実な執事の彼としては、そのような低俗な話まで新しい主人にそのまま伝えるべきか確信が持てなかったからだ。

しかし彼の主人は鋭かった。レンスキーの言葉から省略された部分をすぐに読み取った。変調された声に混ざって耳慣れない電子音が聞こえた。レンスキーにはそれがため息だとすぐにわかった。

「どこの子かは知らないけど可哀想に……」

「はい」

「万が一の事態に備えて医者を待機させるようにして」

「はい。ご主人様」

レンスキーは大きく頷いた。

怒りを鎮められなかったルチアーノは昨日から自分の部屋に一人の女の子を連れ込んでいた。先週買った奴隷出身の少女だった。一体、どんなことになっているのか……。

そのため、彼の主人が次の質問をしたときレンスキーは思わず身震いした。

「それで……セロンは？」

「……ちょうど申し上げようとしていたところです」

レンスキーは一度深呼吸をした。今は彼の主人に集中するときだった。

「彼に協力者がおります」

「協力者？」

「はい」

「面白い。詳しく聞かせろ。ひょっとして『アニキラシオン』内部の人間か？」

「いいえ」

口で言うより直接見せたほうが早かった。彼はスクリーンを操作し主人にデータを送信した。

しばらくして彼の主人はとても興味深そうにつぶやいた。

「ビル・クライドか。どこかで聞いたような名前だな」

「なかなか有名な賞金稼ぎです。実力もそれなりにあるようです。ご主人様がセロン・レオネの捕獲を快く思っていないことは承知ですが、もしこの者がセロンとずっと一緒なら……予期せぬところで面倒なことが起きるかもしれません」

誰もが知っている事実だったが、レンスキーはウソをつく人間ではなかった。もちろん彼がビル・クライドを見たのは今回が初めてで、それも『ペイV』のメインストリートで一度見かけただけだった。

　しかし、そのわずかな時間でクライドは数百名の賞金稼ぎたちと五十名の『ホワイトスカル』をパニックに陥れ、悠々とその場を後にした。

　それが本当の彼の力量なら、面倒なことという表現では足りないくらいだった。

「消しましょうか？」

「いや、放っておけ」

「ですが、ご主人様……」

　この反応は予想していたものではあった。彼の主人は初めからルチアーノがセロン・レオネを手に入れようとするのが気に入らなかった。それでもレンスキーは珍しく主人に異議を申し立てようとした。この問題は気分や感情の問題で決めるほどのことではないと思った。

　だが、その後の主人の言葉はさらに意外なものだった。

「モレッティさん。セロンを捕まえるのに気が進まないからではない」

「はい？」

　また耳慣れない電子音がした。今度は軽い笑い声のようだった。

「考え直してみたのだが……セロンをこちらの手中においておくのも悪くない。上手く手懐けて遊んでやるのも面白そうだ。まあ、どちらにせよ、私が彼を野放しにしているのはどうせその協力関係は長くは続かないと確信しているからだ」

「……」

「賞金稼ぎ。どうせ金で結んだ契約関係だろ？　金の切れ目が縁の切れ目。セロンはガキだ。今回の件が終わればいつでも捕まえられる。まぁ、私としては捕まえられなくても構わないのだけどな」

「……ご主人様」

レンスキーは堅い表情で目をつぶった。

「その口座に手を付けたのですね」

彼の主人はしばらく沈黙した。その後でこう答えた。

「うん」

「レオネ家の金に」

「うん」

主人はそこでためらいながらも、強い口調で付け加えた。

「それは私のものでもあるから」

レンスキーはその言葉を否定できなかった。かといってその主人の行動を褒めるわけにもいかなかった。

彼はじっと目をつぶり、苦しそうにため息をついた。

画面の向こうのレンスキーからはそんな様子は伺えなかった。しかし彼の主人はそんなレンスキーの反応を予想していたかのように、さらに厳しい口調で言葉を続けた。

「だからモレッティさん、しばらくセロンのことは気するな。ルチアーノに言ったたって無駄だ。だからせめて君だけでもこのことがセロンよりも重要だってことを肝に銘じておかなければならない」

レンスキーは頭を振った。そして再び主人の言葉に集中しようと努力した。

「ルチアーノも……知ってるはずです」

「あぁ知ってるよ……だが行動は別だ。彼は自分の行動がもたらす波及力についてもっと考える必要がある。もし彼が今回のことまで台無しにするというのなら、『アニキラシオン』のボスの座どころかセロンを手に入れる機会も遠のくだろう」

「そのようにお伝えいたします」

「頼んだ。あ、それとこれも伝えてくれ」

彼は黙り込んで主人の言葉を待った。主人の息を吸う音が聞こえた。

「……今回我々が騙す相手は十二艦隊長だということを、どうか覚えておいてくれと」


セロンはぼーとした顔で『エンティパス』号のソファに座っていた。

自分がどうやってあの地獄のような街から抜け出せたのか、エンティパス号に戻ることができたのか、無事『ペイV』を脱出することができたのかまったく現実感がなかった。

二億GDが空中にひらひらと舞い散っていた衝撃的な光景を目にした時からそうだった。

それ以来彼女は、ビル・クライドの手に引きずられているだけだった。

そういえば……。

セロンは自分の泥まみれの服を引っ張った。

服を買うのを忘れていた。

ただでさえヒラヒラしていた服がボロボロの水準に達していた。今街に出れば風俗嬢というよりは貧民街の孤児に間違われる可能性の方が高かった。

もちろん、セロンは少しも惜しくはなかった。二日間に二回もルチアーノの追撃から逃れた対価が服が破れる程度なら喜んでその対価を払う。

服が破れるくらいなら。

問題はそこに二十億GDが加わってくるということだ。

その時彼女は鼻歌を歌っているクライドを見た。クライドは満面の笑みで彼女に向かって両手を広げた。

「ジャン！　お嬢様、ついにその時がきました！」

「……はぁ」

その吐き気がする顔を見て、ようやく正気に戻った。セロンは心の底からため息をついた。

「貴様は……本当にクソ野郎だ」

クライドはニコニコ笑いながら彼女の言葉を軽く受け流した。

「【あなた】と呼んでくださってからまだ半日も経ってないと思うのですが。まぁそんなことより、今は入金です。さあ、入金をお願いします」

「……二億GDを宙にばら撒いておいて、またよく金の話ができるな。このクズ野郎」

「口減らずの欲張りお嬢様。これはまたつれないことを！」

もしこの場に二人以外の第三者がいたのなら、いくら鈍い人でも彼らの間に流れ始めた不穏な空気に気付いたことだろう。クライドを見るセロンの目は極めて冷たかった。セロンを見るクライドは依然としてニコニコ笑っていたが、ギュッと噛みしめた歯と額に浮かび始めた血管が、彼が怒りを抑えていることを物語っていた。

今この場で『ペイV』の乱闘が繰り返されないのは二十億GDの力だった。

クライドはまもなく自分の懐に入る二十億GDのことを考えながら怒りを鎮めた。

「二億GDくらいははした金だと言ったのも、二億GDをばら撒いてルチアーノから逃れたのもお嬢様じゃないですか？　今さら『はした金』でとやかく言うと私の方が心外です」

「……このクソ野郎。……いや、いい。お前がこういう人間だっていうことはよくわかった。時間の無駄だ」

「もうこの押し問答も終わりですね」

セロンはスッキリした顔で立ち上がった。あの騒動の中でもクレジットカードは無事にメイド服のポケットに入っていた。人差し指と中指にカードを挟んだまま、セロンは最後にクライドに確認した。

「今ここで僕が二十億GDを支払い、お前は僕を『パンテラ』で降ろす。それで僕たちの関係は本当に終わり。それでいいんだな？」

「二百パーセント確実に！」

クライドは何度も頷いた。

スッキリしたのは彼も同じだった。たった二日間一緒にいただけなのに、厄介な事件に巻き込まれ、多くのストレスを受けた。まさに二十年のような二日だった。一攫千金を狙うという目的がなかったら、たぶん今頃宇宙の遥か彼方にお嬢様を撃ち飛ばしていただろう。

とにかく、その苦難もこれで終わりだ。

「いいだろう」

もうためらう理由がなかった。セロンは即座にエンティパス号の古いＰＣに近付いた。コードで繋がっている旧型カードの読み取り機が目に入った。

セロンはカードを持った手を上げた。

クライドは拳を固く握って目を閉じた。

「二十億よ、来い！」

クライドは歓喜に満ちた声でつぶやいた。

「これであいつともおさらばだ」

セロンはためらわずにカードを振り下ろした。

彼女が取り返しのつかないミスに気付いたのは、その次だった。


【アクセス不可。誤ったアクセスです】


「え？」

セロンの顔が真っ青になった。

何かの間違いだと思いもう一度カードを通したが、読み取り機は同じ答えを繰り返した。


【アクセス不可。誤ったアクセスです】


一度、二度、三度も。

彼女は呆気にとられた顔で読み取り機を見下ろした。

機械が古いからだろうか？　それともクレジットカードの問題か？

その時、突然ビル・クライドが彼女を押しのけた。慌てた彼女は反抗することすら忘れて、うろたえた様子で席を譲った。クライドは黙ってスクリーンを操作し、【エラー追加情報】欄をクリックした。

すぐに画面には別の文章が表示された。

【この口座は存在しません】

その時、セロンはようやく自分の致命的なミスに気付いた。

当然のことを、あまりにも見え透いたことを、あの大騒動ですっかり忘れてしまっていた。ルチアーノはレンスキーを通じてセロン・レオネの秘密口座をすでに知っており、口座の使用履歴を追跡したのだ。彼女が引き出した二億GDを餌に使い、それで自ら『ペイV』まで追いかけてくることができた。

しかし。

すでに彼女を釣った後もその口座を、また口座の大金をルチアーノがそのままにしておく理由があるか?

よほど彼がバカならば話は別だが……。

その事実に気付いた瞬間、セロンはその場で固まってしまった。そして、ルチアーノと向き合う以上の恐怖が彼女を襲った。今彼女に背を向けたまま、スクリーンの前で静かに立っているビル・クライドがどんな顔をしているのか見当もつかなかった。
幸か不幸か、その疑問はすぐに解けた。
クライドは彼女の方を向き、モニターを見ていた顔をゆっくりとあげた。
意外にもその顔は笑っていた。とてもニッコリと……。
彼は人差し指を立て、窓の外を指差した。

「今すぐ出て行け！」

窓の外にはドス黒い宇宙が広がっていた。

セロン・キャラミー・レオネは驚いた。心から締め付けてくるような悪寒と、義体化されたこの額に汗が滲んでいる感覚に。
しかし、改めてこの身体がよくできた『代物』だと感心している余裕はなかった……。

同船異夢のデュエット① 完

さいごに

はじめまして、読者の皆さま。

この本をご購入いただき、ありがとうございます。

『同船異夢のデュエット：Please Call me Leone』の作家、CHYANGと申します。


この文を書いている今、そろそろ夏の始まりを感じる季節になりました。

一般的にいう「立夏」は、ずいぶん前に過ぎましたが、天気の変化が激しい最近、陽が昇ると暑くなり、陽が暮れると肌寒い日々が続きながら、いよいよ本格的な暑さが近づいているような感じです。

振り返ってみると、この話を初めて構想するようになったのは、数年前の今頃ではなかったかと思います。私の実家は、よほどのことではエアコンをつけないのですが、その日は扇風機だけではどうしようもない暑さで息が詰まり、電気まで消して部屋の中に閉じこもっていました。

ここではないどこかへ逃げたいと思いながらパソコンの前に座っていたら、ふと窓の外から夜空が目に入りました。それを見て思ったんです。


宇宙をさまよう人生の物語……。それも悪くはないな、と。

もちろん、その一瞬の想いだけで、この話を一気に書いたわけではありません。当然、より多くの悩みの中で相次いで飛び出してくれたアイデアがありました。また、その悩みとアイデアの参考になってくれた、様々な古典がありました。

いつか詳しい過程を、もう少しだけ、皆さんにご紹介できる機会があることを願うばかりです。

また本文に戻りますと、少女とおじさん・令嬢と遊び人・自分の身体を失ったマフィアのボスとハイエナと呼ばれる賞金狩り。「セロン・C・レオネ」と「ビル・クライド」の話は、ようやくスタートラインに立ったばかりです。

『同船異夢のデュエット』というタイトルから予測できると思われますが、彼らは同じ船に乗ったにも関わらず、全く違う場所を眺めています。この危険な旅が果たしてどこに向かうのか、どんな苦難を経て、どんな終わりを迎えることになるのか、どうかこれからも見守ってください。

では、次の惑星でお会いしましょう。その時までどうかお元気で。

2023年6月19日　CHYANGより

Please call me LEONE

同船異夢のデュエット

第2弾☆制作スタート!!

「ドロシーよ、後はお前に任せる。
よく覚えておくんだよ。
ビル・クライドに千二百万GD、
エリオット・ギルマーティンに酒一本、
そして女の子たちに
今月分の分け前を配るのもお前の仕事だ。
……あ、ロドルフはたぶん死んだだろう。
あいつの葬式もお前の仕事だ。
全部片付けてまだ手元に残ったら、
すべてお前が持って行って、好きにしなさい。
『ラスティ・ローズ』も含めて……」

カウボーイタウン「ペイV」から何とか逃げ出させたセロンとクライド。
しかし、クライドはクレジットカードを止められたセロンを
売春宿「ラスティ・ローズ」へ売りはらう。
そこで、セクサロイド化されたセロンを待ち受けていたものとは……。
売春宿の女主人「クリスティーナ」
共に働く「ドロシー」と仲間たち、そして、彼らを狙う闇の組織!?
さらに、クライドとエリオットの過去にあった特別な秘密とは？
すべてを乗り越え、セロンとクライドのふたりは闘いの渦に飛び込んでいく!!

同船異夢のデュエット ①

Please call me LEONE

2023年8月10日　初版 第1刷発行

作　CHYANG

画　川添真理子

翻訳　川上笑理子

デザイン　CONCENT LIMITED

発行人　伊藤秀伸

担当　西尾浩一

発行元　株式会社三栄

〒163-1126　東京都新宿区西新宿6-22-1

新宿スクエアタワー26F

受注センター TEL048-988-6011　FAX048-988-7651

販売部　TEL03-6773-5250

印刷製本所　大日本印刷株式会社

この物語はフィクションです。実在の団体や人物などは一切関係ありません。

SAN-EI CORPORATION

PRINTED JAPAN 大日本印刷株式会社

ISBN 978-4-7796-4864-9